求放心

구방심 잃어버린 마음을 찾다

초판 1쇄 인쇄 2007년 11월 25일
초판 1쇄 발행 2007년 11월 30일

옮긴이 이성호
펴낸이 조윤숙
펴낸곳 문자향
신고번호 제300-2001-48호
주소 서울 서대문구 남가좌동 124-313 / 2층
전화 02-303-3491
팩스 02-303-3492
이메일 munjahyang@korea.com

값 8,500원

ISBN 978-89-90535-34-4 04810
     978-89-90535-33-7(세트)

求放心

잃어버린 마음을 찾다

아들 : 아빠, 잠명문이란 게 뭐야?

아빠 : 잠명문이란, 옛 선비들이 자신을 경계하여 바르게 살려고 지은 글이야.

아들 : 선비? 그럼, 선비는 뭐야?

아빠 : 선비라…, 아빠 생각으로는, 바르게 살거나 그렇게 살려고 하는 사람이야.

아들 : 바르게 산다는 건 뭐야?

아빠 : …, 우, 우선은, 남에게 해를 끼치지 않고, 그리고 제 양심에 부끄럽지 않도록 살
       아가는 게 아닐까 싶은데….

아들 : 퇴계나 율곡 같은 분도 이런 글 지으셨어?

아빠 : 그럼, 이 책을 읽어보렴. 퇴계나 율곡 같은 분들뿐만 아니라, 우리의 많은 옛 선
       비들이 올바르게 살기 위해 얼마나 안팎으로 치열하게 살았는지 엿볼 수 있단다.

아들 : ….

아내 : 그런데 이거 돈 되는 거야? 사람들이 사보겠어?

남편 : ….

       (머리가 돈, 돈, 돈, 돈다) 아이고 머리야.

       그래도 절대 무익하진 않을 게야. 우리네가 한평생을 어떻게 살아야 하는가, 하
       는 근본적인 문제를 깊이 성찰하게 할 테니….

서문

우리에게 '잠언箴言'과 '좌우명座右銘'으로 익숙한,
잠명문箴銘文엔, 옛 선비들의 마음이 담겨 있다.

잠箴은, 침이요 바늘이다.
침으로 바늘로, 내 살을 찌르면, 아프다.
하지만 그 고통 속에서, 나의 정신은, 번쩍 뜨인다.

명銘은, 새기는 것이다.
그릇에, 집에, 벽에, 문에, 옷에, 신발에, 붓에, 벼루에, 마음에,
그리고 늘 곁에서 나와 함께하는 모든 것들에.
잊지 않기 위해….

수락산 자락 귀락재歸樂齋에서
이성호 씀

차례

잃어버린 마음을 찾다

생각 ~~~ 이규보

나는 급작스럽게 일을 하고서
신중히 생각해보지 않았던 걸 후회한다
신중히 생각한 뒤 일을 한다면
어찌 화禍가 뒤따르랴!

나는 급작스럽게 말을 내뱉고서
다시 생각해보지 않았던 걸 후회한다
한 번 더 생각한 뒤 말을 한다면
어찌 치욕이 뒤따르랴!

생각하되 너무 급히 하지 말라
너무 급히 생각하면 어긋남이 많아진다
생각하되 너무 깊게 하지 말라
너무 깊게 생각하면 의심이 많아진다
헤아려서 절충해보건대
세 번 정도 생각해보는 게 가장 적절하다

思箴

我卒作事 悔不思之 思而後行 寧有禍隨 我卒吐言 悔不復思 思而後吐 寧有辱
追 思之勿遽 遽則多違 思之勿深 深則多疑 商酌折衷 三思最宜

이규보李奎報(1168~1241)는

고려의 문신·학자로, 자는 춘경春卿, 호는 백운거사白雲居士·지헌止軒·삼혹호선생三酷好先生, 본관은 여주驪州, 시호는 문순文順이다.

생각 없는 행동과 생각 없는 말에는 곤욕이 뒤따르게 마련이다. 그러므로 행동하거나 말할 때는 '생각'을 신중히 해야 한다. 그렇다고 너무 많이 생각해서도 안 된다. 너무 많이 생각하다 보면 사사로운 뜻이 일어나 도리어 그것에 현혹되기 십상이기 때문이다. 그래서 생각을 하되 세 번 정도 하는 게 가장 적절하다 한 것이다.

공자孔子는 두 번 정도 생각해보는 게 알맞다 하였다. 계문자季文子라는 사람이 무슨 일에든 신중하여 세 번 생각해본 뒤 행하였는데, 공자는 이 말을 듣고 "두 번이면 된다" 하였다.(『논어』「공야장」)

식영암의 벼루 이제현

중후하고 단단함은
하늘에서 얻었으나
씻어서 새롭게 하는 건
사람에게 달려 있다

息影菴硯銘

重而堅 得之天 滌以新 存乎人

이제현李齊賢(1287~1367)은

고려의 문신·학자로, 자는 중사仲思, 호는 익재益齋·실재實齋·역옹櫟翁, 본관은 경주慶州, 시호는 문충文忠이다.

식영암息影菴이란 승려의 벼루에 써준 잠언이다. 식영암은 당시 문사文士들과 활발히 교유하였던 스님으로, 시문에 뛰어났으며, 지팡이를 의인화한 가전체 「정시자전丁侍者傳」의 저자이다.

사람이 아무리 빼어난 자질을 타고난다 하여도, 후천적인 노력으로 자신을 새롭게 발전시켜 나가지 않는다면 어떻게 될까? 맹자의 다음과 같은 비유가 적절한 답이 될 것이다.

"서자西子가 제아무리 아름다운 여인이라 할지라도 더러운 오물을 뒤집어쓰고 있으면 사람들이 모두 코를 막고 지나갈 것이요, 용모가 아름답지 못한 사람일지라도 목욕재계하여 안팎으로 자신을 깨끗하게 하였다면 상제上帝를 제사지낼 수 있다."(『맹자』「이루 하」)

소나무와 바위 이곡

올곧지 않은가, 그 바탕이여!
높지 않은가, 그 절개여!
땅이 두텁다 해도 억누를 수 없고
계절이 춥다 해도 빼앗지 못하네
소나무여! 바위여!
그 도를 얻은 이는 식무외인가 하노라

式無外松石軒銘

匪貞其質 匪高其節 地厚而不能壓 歲寒而不能奪 松耶石耶 得其道者式耶

이곡李穀(1298~1351)은

고려의 문신·학자로, 초명은 운백芸白, 자는 중보中父, 호는 가정稼亭, 본관은 한산韓山, 시호는 문효文孝이다.

식무외式無外의 거처인 송석헌松石軒에 써준 잠언이다. 식무외는 고려의 승려로, 고려와 원나라의 문사들과 활발한 교유를 가졌던 인물이다. 식式은 법명이고 무외無外는 법호이다.

소나무(松)는 추운 날씨에도 푸름을 변치 않으며, 바위(石)는 두터운 땅속에서도 단단한 성질을 잃지 않는다. 그래서 소나무와 바위는 예로부터 곧은 절개의 상징물로 이용되었다. 그 상징성은 윤선도의 「오우가五友歌」에도 그대로 그려져 있다.

꽃은 무슨 일로 피면서 쉬이 지고
풀은 어이하여 푸르는 듯 누르나니
아마도 변치 않을손 바위뿐인가 하노라

더우면 꽃 피고 추우면 잎 지거늘
솔아 너는 어찌 눈서리를 모르는다
구천九泉에 뿌리 곧은 줄 글로 하여 아노라

좋아함과 미워함 _이달충

자도子都의 아름다움을
누군들 아름답다 하지 않으랴?
역아易牙가 조리한 음식을
누군들 맛있다 하지 않으랴?
좋아한다느니 미워한다느니 분분한데
어찌하여 자기를 반성해보지는 않는가?

愛惡箴

子都之姝 疇不爲美 易牙所調 疇不爲旨 好惡紛然 盍求諸己

이달충李達衷(1309~1385)은

고려의 문신·학자로, 자는 지중止中·중권仲權, 호는 제정霽亭, 본관
은 경주慶州, 시호는 문정文靖이다. 신돈辛旽이 권력을 쥐고 있을 때, 그
에게 주색을 일삼는다고 직언하여 파직된 바 있다.

이 잠언에는 다음과 같은 서문도 함께 있다.

유비자有非子란 젊은이가, 무시옹無是翁을 찾아가서 말했다.

"날마다 무리 지어 인물 논평을 하는 자들이 있습니다. 그 사람들 가
운데 어떤 이는 노인장을 사람으로 대우하고, 어떤 이는 사람으로 대우
하지 않습니다. 노인장께선 어찌하여 어떤 이에게는 사람으로 대우받
고, 어떤 이에게는 사람으로 대우받지 못합니까?"

무시옹이 대답했다.

"다른 사람이 나를 사람으로 대우하는 걸 나는 기뻐하지 않고, 다른
사람이 나를 사람으로 대우하지 않는 걸 나는 두려워하지 않는다네. 그
것은 사람다운 사람이 나를 사람으로 대우하고, 사람답지 못한 사람이
나를 사람으로 대우하지 않는 것만 못한 걸세. 나는 또 나를 사람으로
대우한 사람이 어떤 사람인지, 나를 사람으로 대우하지 않은 사람이 어
떤 사람인지 아직 모른다네.

사람다운 사람이 나를 사람으로 대우했다면 기뻐할 일이요, 사람답
지 못한 사람이 나를 사람으로 대우하지 않았다면 이 또한 기뻐할 일이
아니겠나! 그리고 사람다운 사람이 나를 사람으로 대우하지 않았다면
두려워할 일이요, 사람답지 못한 사람이 나를 사람으로 대우했다면 이
또한 두려워할 일이 아니겠나!

나를 사람으로 대우하거나 나를 사람으로 대우하지 않은 사람이 사
람다운지 사람답지 못한지를 살펴보고 나서, 기뻐하거나 두려워해야
하는 거라네. 그래서 '오직 어진 사람만이 사람을 좋아할 수 있고, 사람
을 미워할 수 있다'고 하는 걸세. 나를 사람으로 대우한 사람이 어진 사

구방심잃어버린 마음을 찾다

람이던가? 나를 사람으로 대우하지 않은 사람이 어진 사람이던가?”

그러자 유비자가 웃으며 물러갔다. 무시옹은 이 일을 계기로 잠언을 지어 스스로를 경계한다.

유비자有非子와 무시옹無是翁은 가상으로 설정된 인물이다. ‘유비’ 란 말에는 ‘남을 비난하길 좋아한다’ 는 의미가, ‘무시’ 란 말에는 ‘자기가 옳다고 내세우지 않는다’ 는 의미가 내포되어 있다.

우리는 살다보면 이러쿵저러쿵 다른 사람들의 평판 소리를 듣게 된다. 그렇다고 그때마다 호오의 감정을 드러낼 수는 없는 노릇이다. 먼저 내가 다른 사람을 미워하거나 좋아할 수 있는 자격을 갖추어야 한다. 공자는 이렇게 말했다.

“오직 어진 사람만이 사람을 좋아할 수 있고, 사람을 미워할 수 있다.”(『논어』 「이인」)

평판하는 사람의 인격을 먼저 따져보고 그가 인격을 제대로 갖춘 사람이라면, 다음으로 나를 반성해보고 사람다운 사람이 되도록 노력해야 할 것이다. 자도子都는 고대에 미남으로 이름난 사람이고, 역아易牙는 고대에 요리의 명수이다.

스스로 경계하다 ⚘ 이색

오십 세 가을 구월 초하룻날에
자경잠을 지어 아침저녁으로 보면서
스스로 힘쓰고자 한다

가까운 듯하다가도 멀어지고
얻은 듯하다가도 잃어버린다
멀다가도 때로는 가까워지고
잃었다가도 때로는 얻게 된다

아득하여 어찌할 바를 모르겠다가도
밝고 환하여 눈앞에서 보는 듯하게 된다
밝다가도 혹 어두워지기도 하고
흐릿하다가도 혹 환해지기도 한다

그만두려 해도 차마 그럴 수 없고
힘쓰고자 해도 힘이 부족하지만
마땅히 스스로 책망하고 스스로 부끄러이 여겨야 한다

거백옥은 나이 오십이 되어서도 지난날의 잘못을 알았고
무공은 나이 아흔이 되어서도 「억」편을 지었나니
이들은 옛날 스스로 힘써 수양에 노력한 이들이다

바라건대 한순간도 게으르지 말고
힘쓰고 힘쓸지어다
자포자기하는 자는
어떤 사람인가?

自儆箴

五十歲秋 九月初吉 作自儆箴 朝夕觀之 庶以自勉 若近焉而遠之 若得焉而失
之 遠矣而時近也 失矣而時得也 茫乎無所措也 赫乎如有覿也 赫乎或昧焉 茫
乎或灼焉 將畫也不忍焉 將彊也不足焉 宜其自責而自恧焉 五十而知非 九十
而作抑 斯古之自力也 尙不懈于一息 勉之哉勉之哉 自暴自棄 是何物邪

이색李穡(1328~1396)은

고려의 문신·학자로, 자는 영숙穎叔, 호는 목은牧隱, 본관은 한산韓山, 시호는 문정文靖이다. 이곡의 아들이며, 포은圃隱 정몽주鄭夢周·야은冶隱 길재吉再(또는 도은陶隱 이숭인李崇仁)와 함께 고려 말 삼은三隱의 한 사람으로 손꼽힌다.

거백옥蘧伯玉은 춘추시대 위衛나라의 대부이다. 그는 나이 오십이 되어서도 지난 49년 동안의 잘못을 깨우쳐 고치기에 노력하였고, 나이 예순이 되어서도 그렇게 하였다고 한다. 그리고 무공武公은 춘추시대 위나라의 군주이다. 그는 나이 95세에 『시경』 「억抑」 편을 지어 시종 드는 이들로 하여금 날마다 곁에서 읽게 하여 스스로 경계하였다고 한다.

거백옥과 무공의 전례를 본받아, 이색도 스스로를 경계하여 자신의 지난 잘못을 고치고 마음을 잡도리하자는 뜻에서 이 잠언을 지었다. 그의 높은 명성은 이와 같이 끊임없이 자기 수양에 정진한 결과였다 하겠다.

뜻을 세우다 _박익_

초학자가 뜻을 세울 때에는
반드시 옛 성현을 목표로 삼아야 하나니
스스로 속이지도 말고 스스로 어긋나지도 말아서
선한 천성을 법도로 삼아 따라야 할 것이다

사람이 타고나는 기질은
맑기도 하고 탁하기도 하지만
자신을 깨끗하게 하여
처음의 본성을 회복하기만 한다면
한 올의 터럭을 보태지 않아도
온갖 선을 행하기에 충분하다

아아, 사람들이여!
어찌하여 세운 뜻을 잃어버리는가?
맹자는 본성이 선함을 말할 적에
반드시 요임금 순임금을 일컬었는데
요임금이 되고 순임금이 되는 게
어찌 나에게 달려 있지 않으랴!

옛날이든 지금이든 어리석든 지혜롭든
오직 추구해야 할 것은

말은 참되게 하고 행실은 독실하게 하여
먼저 근본을 세우는 것이다

늘 스스로 분발해야 할 것이니
어찌 다른 데서 찾으리오?
안연顔淵은 말하였다
"순임금은 어떤 사람인가? 나는 어떤 사람인가?"

요임금 순임금을 배우고자 한다면
요임금 순임금처럼 되는 게 뜻한 바이며
안연을 배우고자 한다면
안연처럼 되는 게 뜻한 바인데
무릇 뜻을 세움은
모든 배움의 시작이다

立志箴

初學立志 必期聖哲 勿欺勿悖 天性之則 氣質所稟 有異淸濁 去其舊染 復其初
性 不增毫末 萬善足用 嗟嗟衆生 胡爲放志 孟道性善 必稱舜堯 爲堯爲舜 豈
不在我 古今愚智 惟其所向 言忠行篤 先立本領 常當奮發 豈可他求 顔淵有言
舜何子何 欲學堯舜 堯舜是也 欲學顔淵 顔淵是也 凡此立志 爲學之始

박익朴翊(1332~1398)은

고려의 충신으로, 자는 태시太始, 호는 송은松隱, 본관은 밀양密陽, 시호는 충숙忠肅이다. 조선조 개창 후 태조는 그를 몇 번이나 조정으로 불렀으나, 끝내 나가지 않고 고려의 유신으로 남았다.

입지立志란 '뜻을 세운다'는 의미이다. 공자의 수제자 안회顔回는 이렇게 말했다.

> "순임금은 어떤 사람인가? 나는 어떤 사람인가? 노력하면 그와 같은 성인이 될 수 있다."(『맹자』「등문공 상」)

이 말은 반드시 성인이 되겠다는 의지의 표현인 동시에, 노력하면 자신도 성인의 경지에 도달할 수 있다는 자부가 담긴 말이다. 다산 정약용도 자식들에게 이렇게 가르쳤다.

> "무릇 한 가지 소원이 있으면 어떤 한 사람을 목표로 삼고 그 사람과 동등한 경지에 이르고서야 그만두겠노라 다짐하라."(「신학유가계贐學游家誡」)

이것 역시 뜻을 세우는 것의 중요성을 역설한 것이다.

뜻을 어디에 두는가에 따라 그 사람의 인생 방향이 결정된다. 그래서 예로부터 입지立志에 관한 글이 매우 많다. 율곡 이이는 「자경문自警文」에서 뜻을 세우는 중요성에 대해 이렇게 말했다.

> "무엇보다 먼저 자기의 뜻을 원대하게 하여야 한다. 성인을 본보기로 삼아, 조금이라도 성인의 가르침에 미치지 못한다면, 나의 일은 끝난 것이 아니다."

원 _🎋_ 정추

그릇에 모가 있으면
이지러지기 쉽다
수레바퀴는 둥그나니
어딘들 가지 못하랴!
진실로 내가 원圓을 배워
한 구석에 머물지 않는다면
어떤 험난함인들 걱정할 게 있으랴!

🎋🐟·ﾟ 圓齋銘

器之觚也 易爲缺兮 轂之周也 何所弗達兮 苟子學圓兮 不滯於一隅 夫何險之
足虞兮

정추鄭樞(1333~1382)는

고려의 문신으로, 초명은 연衍, 자는 공권公權, 호는 원재圓齋·무형자無形子, 본관은 청주淸州, 시호는 문간文簡이다.

그는 자신의 거처를 '원재圓齋'라 하고는, 원만하여 막히는 데가 없고 모가 나지 않은 삶을 살고자 하는 뜻을 담았다. '원圓'은 '둥글다'는 뜻이다. 다음은 이 잠언의 서문이다.

무형자無形子는 무형에서 태어났으므로 서원西原(청주의 옛 이름) 정공권鄭公權 씨가 자호로 삼고, 그 거처에는 '원재'란 편액을 달았다. 어떤 이는 이렇게 찬문贊文을 지어주었다.

"하늘은 형상이 둥글기 때문에 쉬지 않고 돌아서 만물을 낳으며, 해는 형상이 둥글기 때문에 끝없이 운행하여 한 해를 이루나니, 원圓의 뜻이 크도다."

무형자는 웃으며 말했다.

"그대는 나에게 아첨하려는 겐가? 무릇 사물이란 무형에서 태어나 형상에 얽매이게 되네. 형상에 얽매이게 되면 변하기 어려워지고, 변하기 어려워지면 이치에 흠결이 생기지. 나는 무형을 주장하여 그 변함을 숭상하는 사람일세. 따라서 내가 '원'이라 한 것은 정체됨도 없고 흠결도 없는 것을 귀하게 여기는 것이니, 그대가 말한 형상을 어찌 숭상할수 있겠는가?

비록 그러하나 이러한 형상이 있다면 이러한 이치가 있을 터, 만약 둘로 나누어서 굳이 형상을 버리고 그 이치만을 구한다면, 어찌 원이라 하겠는가! 이미 그대의 말이 나를 깨우쳐주었으니, 마땅히 이것으로 명문銘文을 지어 앉은자리 옆에 붙여야겠네."

거처의 이름을 '원圓(둥글 원)'이라 한 것을 두고, 혹자는 '하늘과 해의 둥근 형상을 본받은 것'이라 하였다. 그러나 그의 뜻은 둥근 형상에 있는 게 아니었다. 그의 호 '무형자無形子'가 시사하듯, 그는 둥근 형상뿐

만 아니라 일체의 어떠한 형상도 추구하지 않았다. 그가 '원' 자를 쓴 뜻
은 '원' 자에 내재된 이치, 곧 '정체됨도 없고 흠결도 없다'는 데에 있었
다. 이것은 불교에서 말하는 원융무애圓融無碍·원만구족圓滿具足과 관
련이 깊다. 원융무애란 널리 융화하여 정체되거나 막힘이 없는 상태를
말한다. 또한 원만구족이란 완전무결하여 원만하게 갖추어져 있다는 뜻
이다.

　그런데 '원융'이든 '원만'이든 모두 원의 둥근 형상에서 비롯된 말이
다. 원융은 둥글게 하나로 융합된 원의 형상에서, 원만은 이지러지거나
모난 데 없이 가득 찬 완전한 원의 상태에서 그 의미를 빌어온 것이다. 따
라서 형상을 버리고는 이치를 온전히 전달할 수 없어, '정체됨도 없고 흠
결도 없다'는 이치를 설명하기 위해, 모가 난 그릇의 형상과 둥근 수레바
퀴의 형상을 비유로 들었다. 불교에서도 둥근 형상을 가진 달의 비유를
들어, 원융무애와 원만구족의 경지를 설명하곤 한다.

　원의 형상을 살펴보면, 하나하나의 점들이 끊이지 않고 이어져 하나로
통합되어 있으며, 시작도 없고 끝도 없이 항구불변하게 순환하는 형상을
하고 있다. 그래서 원은 정체되지 않고 끊임이 없는 지속성과, 개별적인
것을 전체로 통합하는 전체성·완전성을 상징하는 데 꼭 알맞은 형상을
갖고 있다. 조금이라도 이지러지거나 흠결이 있으면 그것은 완전한 원이
라 할 수 없다. 사람의 삶도 마찬가지이다. 조금이라도 몸과 마음에 잘못
이 있으면 '원만'한 삶이 될 수 없다. 따라서 '원만'한 삶을 위해서는, 몸
과 마음에 조금이라도 잘못이 없도록, 끊임없는 자기 수양의 과정이 뒤
따라야 하는 것이다.

두려워하고 조심하다 　정몽주

하늘의 운행은
날마다 구만 리를 가는데
잠깐이라도 중단이 있다면
만물은 살아가지 못하리라

물의 흘러감이 이와 같아
서로 이어지며 끊임이 없나니
한 생각이라도 병들게 되면
혈맥이 중도에서 막혀버린다

군자는 이것을 두려워하여
종일토록 힘쓰고 힘쓰며
정성을 다하기를
하느님을 대하듯이 한다

惕若齋銘

惟天之行 日九萬程 須臾有間 物便不生 逝者如斯 袞袞無已 一念作病 血脉中
否 君子畏之 夕惕乾乾 積力之極 對越在天

정몽주鄭夢周(1337~1392)는

고려의 문신·학자로, 초명은 몽란夢蘭·몽룡夢龍, 자는 달가達可, 호는 포은圃隱, 본관은 영일迎日, 시호는 문충文忠이다.

이 잠언은 고려 후기의 학자 김구용金九容에게 써준 글이다. 원제의 척약재惕若齋는 김구용의 호이며, 『주역』건괘乾卦에서 따온 것이다.

"군자가 종일토록 힘쓰고 힘써 저녁까지도 '두려워하고 조심하면' 위태로운 데 있더라도 허물이 없으리라(君子終日乾乾, 夕惕若, 厲無咎)."

그리고 '흘러감이 이와 같다(逝者如斯)'는 말은, 공자가 흐르는 물을 보고 "흘러가는 것이 이와 같나니, 주야에 그치지 않는도다"(『논어』「자한」) 한 데서 유래하였다. 사람이 끊임없이 노력하고 부지런히 힘써야 한다는 말이다.

대나무 창문 _정도전_

창문을 활짝 열면
대나무가 울창하고
군자가 그곳에 사나니
그 정결함이 옥과 같다

좌우에 책을 두고
아침저녁으로 펼쳐 보며
외물外物에 얽매이지 않고
그의 즐거움을 즐긴다네

竹窓銘

有闢其窓 有鬱者竹 君子攸宇 其貞如玉 左圖右書 閱此朝夕 不物於物 維樂其
樂

정도전鄭道傳(1337~1398)은

고려 · 조선의 문신 · 학자로, 자는 종지宗之, 호는 삼봉三峰, 본관은 봉화奉化, 시호는 문헌文憲이다. 조선 개국의 일등공신이며, 뛰어난 학자로서 조선왕조의 설계자로 평가받는다.

이 잠언은 이언창李彦暢이란 사람이 자기 방의 창문 이름을 '죽창竹窓'이라 하고, 다시 그것을 자기의 아호로 삼은 의미를 풀이한 글이다. 다음은 그 서문이다.

삼봉의 은자가 이언창 선생을 뵙고 여쭤보았다.

"선생의 아호를 죽창이라 한다는데, 그렇습니까? 대나무(竹)는 그 안이 비어 있고, 그 마디가 곧으며, 그 빛이 차가운 겨울을 지나도 변치 않습니다. 그래서 군자들은 대나무를 숭상하여 자기의 지조를 갈고 닦습니다. 『시경』「기욱淇奧」편에서도 대나무를 '군자가 타고난 바탕이 아름답고 학문과 자기 수양에 정진하는 것'에 비유하였으니, 그렇다면 그 의탁함이 깊은 것입니다. 옛사람들이 대나무에서 취한 뜻이 한둘이 아닌데, 선생께서는 무슨 뜻을 취하셨습니까?"

선생이 대답하였다.

"아니오. 그렇게 고상한 지론은 없습니다. 다만 대나무가 봄에는 새들에게 어울려 그 울음소리가 맑고, 여름에는 바람에 어울려 그 기운이 맑고 상쾌하며, 가을이나 겨울에는 눈과 달에 어울려 그 모습이 말쑥합니다. 그리고 아침의 이슬, 저녁의 연기, 낮의 그림자, 밤의 소리에 이르기까지, 눈으로 보고 귀로 듣는 모든 것들이 한 점 속기도 없습니다. 나는 그래서 일찍 일어나 세수하고는 죽창 아래의 깨끗한 의자에 앉아 향을 태우면서 책을 읽거나 거문고를 탑니다. 때로는 온갖 생각을 떨쳐버리고 묵묵히 정좌하는데, 내 몸을 죽창에 기대고 있는 것마저 잊어버리기도 합니다."

아아, 선생의 즐거움은 대나무에 있지 않고, 다만 마음으로 터득한

것을 대나무에 기탁했을 뿐이다. 이것으로 명문銘文을 짓겠다고 청하
였다.

긴 자 <small>이첨</small>

너의 평평함을
나는 형으로 삼노라
너의 곧음을
나는 덕으로 삼노라

물건도 평평하고 곧거늘
사람으로서 어찌 굽히랴!
사물을 살펴 내 몸을 반성하면
덕이 천지天地와 같아지리라

長尺銘

惟爾之平 我以爲兄 惟尒之直 我以爲德 平直其物 人而何屈 詧(察)物反躬 天
地其同

이첨李詹(1345~1405)은

고려·조선의 문신으로, 자는 중숙中叔, 호는 쌍매당雙梅堂, 본관은 신평新平, 시호는 문안文安이다. 문장과 글씨에 뛰어났다고 한다.

자의 생명력은 평평함과 곧음에 있다. 평평하고 곧지 않으면 정확한 길이를 잴 수 없다. 그러므로 그것은 자라고 할 수 없고 길쭉한 막대기에 불과하다. 평평함과 곧음을 간직한 자를 늘 곁에다 두고, 평평하고 곧은 삶을 지향하고자 하는 뜻을 읽을 수 있는 잠언이다.

끝부분에 '사물을 살펴 내 몸을 반성한다(察物反躬)' 했는데, 이 말은 사물의 생김새나 효용 따위를 자세히 관찰하고, 거기에서 어떤 삶의 철학을 발견하여 그것으로 내 몸을 반성한다는 의미이다. 이것이 바로 옛 선비들이 명銘이란 형식의 글을 지은 중요한 의도 가운데 하나이다.

가까움 　　권근

먼 길을 가려면 가까운 데서 시작하고
높은 곳에 오르려면 낮은 데서 시작하며
만 리의 길을 가려 해도
한 걸음으로 시작하나니
삼가 뒷걸음치지 말고
여기에 이르기를 구하라
내가 이 뜻을 취해 이름으로 삼았으니
가까운 곳부터 생각하고자 함이다

늙은 스님 한 사람이 있으니
나와 흉금을 함께한다
집을 둘러싼 산봉우리는
예전부터 여기에 있었는데
한 걸음씩 가다 보면 이를 터이니
무엇이 멀다 하나!
속눈썹이 눈앞에 있음을
아는가? 모르는가?

近峯銘

適遐自邇 升高自卑 萬里之往 一擧足時 愼勿却步 求至於斯 我取而名 欲以近思
有老禪者 同我襟期 峯巒繞屋 亘古在玆 跬步可至 夫何遠而 睫在眼前 知耶不知

권근權近(1352~1409)은

고려 · 조선의 문신 · 학자로, 자는 가원可遠 · 사숙思叔, 호는 양촌陽村, 본관은 안동安東, 시호는 문충文忠이다. 조선 개국 후 왕권 강화에 큰 공을 세웠으며, 문장에 뛰어났고 경학에 밝았다.

산봉우리의 이름이 근봉近峯이다. 여기서 '근近'은 '가까운 데서부터'라는 의미이다. 우리는 살면서 가까운 것을 소홀히 하거나 망각하기 십상이다. 그래서 '등잔 밑이 어둡다' 하고, '속눈썹이 눈앞에 가장 가까이 있음에도 그것을 보지 못한다' 한다. 일을 하거나 공부를 할 때도 쉽고 가까운 것은 소홀히 한 채, 어렵고 고원한 데 마음을 기울이는 경우가 종종 있다. 이것을 『중용』에서는 이렇게 경계하였다.

"군자의 도는 비유하자면, 먼 길을 갈 때 반드시 가까운 곳에서 출발하는 것과 같고, 높은 곳에 오를 때 반드시 낮은 곳에서 시작하는 것과 같다."

어떤 일이든 순서를 뛰어넘지 말고 기본적이고 평이한 것부터 차근차근 이루어 나가야 한다는 뜻이다. 공부를 할 때는 이처럼 '근사近思'가 필수불가결한 요소이니, '근사'란 고원한 이상만을 좇지 않고 자기 몸 가까운 곳부터 생각한다는 말이다.

"배우기를 널리 하고 뜻을 독실하게 하며, 절실하게 묻고 '가까운 데서부터 생각하면', 인仁은 그 속에 있다."(『논어』「자장」)

공자의 제자인 자하子夏의 말이다. 송나라 때의 학자 주희朱熹는 학문과 생활에 요긴한 글을 뽑아 책으로 엮고 '근사록近思錄'이라 이름을 붙이기도 하였는데, 이 책은 조선시대 성리학자들의 필독서였다.

스스로 경계하다 _ 하연

지위가 높으면 화가 가까워지고
재물이 많으면 어질지 못하게 된다
어떻게 하면 구름 낀 계곡에서
정신을 기쁘게 수양할 수 있을까?

안회는 누추한 곳에 살았지만
즐거움이 그 안에 있었으며
세 오솔길이 난 도연명의 정원에는
밝은 달빛 맑은 바람 가득했다

성현도 오히려 이와 같았거늘
하물며 하찮은 선비임에랴!
집이 여덟아홉 칸이니
쇠잔한 이 몸을 들일 수 있다

밭이 수십 무이니
굶주림은 면할 수 있으리라
나는 내 분수를 편안히 여겨서
사사로운 욕심을 좇지 않으리라

自警箴

貴則近禍 富則不仁 何如雲壑 怡養精神 一片顔巷 樂在其中 三逕陶園 皓月淸風 聖賢尙然 況乎小儒 屋八九間 可容殘軀 田數十畝 足慰飢渴 我安我分 不趨利慾

하연河演(1376~1453)은

조선의 문신으로, 자는 연량淵亮, 호는 경재敬齋, 본관은 진주晉州, 시호는 문효文孝이다.

청빈한 삶을 추구한 선비 정신이 잘 담겨 있는 잠언이다. 공자는 "부富를 구하여 얻을 수 있는 것이라면, 나는 마부 노릇도 마다하지 않겠다"(『논어』 「술이」) 하여, 부에 대한 긍정적인 생각을 가지고 있었다. 그러나 거기에는 조건이 있다. 획득 방법이 정당하고 의로워야 하는 것이다.

"부귀는 누구나 원하는 것이지만 정당한 방법으로 얻은 것이 아니라면 가지지 말고, 빈천은 누구나 싫어하는 것이지만 정당한 것이라면 피하지 말아야 한다."(『논어』 「이인」)

"거친 밥을 먹고 물을 마시며 팔을 굽혀 베더라도 즐거움이 또한 그 가운데 있으니, 의롭지 못한 부귀는 나에게 뜬구름과 같다."(『논어』 「술이」)

정당함과 의로움이라는 조건이 충족되는 부라면 얼마든지 누려도 좋다. 그러나 남을 속이거나 남의 물건을 훔치는 따위의 부정하고 불의한 부는 가져서는 안 된다. 정당하고 의롭게 부를 얻을 수 없다면, 주어진 상황에 만족하여 부정과 불의에 빠지는 일이 없어야 할 것이다. 공자의 제자 안회顔回가 바로 그러한 삶을 살았다.

> "참으로 훌륭하도다, 회여! 한 그릇의 밥과 한 쪽박의 물로 가난한 마
> 을에 사는 것을 다른 사람들은 그 고생을 견디지 못하거늘, 회는 그 즐
> 거움을 변치 않으니 참으로 훌륭하도다, 회여!"(『논어』 「옹야」)

안연의 이와 같은 안빈낙도安貧樂道하는 삶은 우리나라 선비들의 정신
세계에도 많은 영향을 끼쳤다.

한편 동진東晉의 은일 시인 도연명은 미관말직의 구차한 녹봉을 버리고
귀향하며 「귀거래사」를 지었으며, 그 가운데 다음과 같은 구절이 있다.

세 오솔길에 잡풀이 우거져도	三逕就荒
소나무 국화는 여전하여라	松菊猶存

여기서 세 오솔길(三逕)은 은자가 사는 곳을 비유한다. 한나라 때의 은
자 장후蔣詡가 집 주위에 대나무를 심고 대밭 사이로 세 오솔길을 내어
마음에 맞는 벗들과 왕래했다는 고사에서 유래한 것이다.

이 잠언은 하연이 76세 때 지은 것이다. 일인지하 만인지상의 자리인
영의정에 올랐어도, 죽는 날까지 노욕에 물들지 않고 안빈낙도하는 청빈
한 삶을 지키려는 선비 정신이 돋보인다. 과연 그의 이 뜻은 헛되지 않
아, 사후에 청백리清白吏로 뽑히기도 하였다.

어리석음 ~~ 박팽년

아, 참으로 어리석은 무리는
이것저것 따져보지만 여전히 흐리멍덩하고
지혜로운 사람의 어리석음은
묵묵히 있으나 마음으로 깨달은 바가 있다

어리석지 않음에도 어리석은 듯한 것은
가지고 있는데도 없는 듯한 것이며
알지도 못하면서 아는 체를 한다면
실제로는 스스로를 기만하는 것이다

어리석음이여! 어리석음이여!
어리석어야 할 데는 어리석어야 하고
어리석지 말아야 할 데는 어리석지 말아야 한다

愚箴

嗟顓愚之徒 辨焉而夢夢 哲人之愚 默焉而其心已融 不愚而愚 有焉若無 不知
而知 而實自誣 愚乎愚乎 愚於其可愚 不可愚於其不可愚

박팽년朴彭年(1417~1456)은

조선의 문신으로, 자는 인수仁叟, 호는 취금헌醉琴軒, 본관은 순천順天, 시호는 충정忠正이다.

이 잠언은 강희안姜希顏의 자 '경우景愚'를 풀이한 것이다. 다음은 그 서문이다.

세상에서는 어리석은 자를 "바보(愚)"라 한다. 사람들은 모두 어리석음을 싫어할 줄 알지만, 저 어리석음이 귀한 것인 줄은 모른다. 옛날에 안자顏子(안회)는 공자 문하의 높은 제자였다. 공자는 그의 현명함을 칭찬하여 "어리석은 듯하나 어리석지 않다" 하였으니, 이 어찌 보통 사람과 큰 차이가 없으랴! 진짜 어리석음은 마땅히 사람이 싫어할 바이나, 어리석지 않으면서 어리석은 듯한 것은 안자가 아니면 할 수 없다. 자공은 총명했으나 하나로써 둘은 아는 데 불과했고, 자하는 독실히 믿었으나 공자를 흥기시키는 데 불과했다. 그러니 어찌 안자처럼 묵묵히 알고 마음으로 이해하여 공자의 말씀에 기뻐하지 않음이 없었던 것과 같으랴!

아아, 세상에는 참으로 자기의 장점을 뽐내고 남의 선을 가리며, 남의 말을 표절하여 자기의 말을 윤택하게 함으로써, 다른 사람들을 현혹시켜 자신을 내다 파는 자가 있다. 이런 자는 진짜 어리석은 자인가? 아니면 어리석지 않은 자인가? 나는 그래서 "어리석음에는 싫어할 것도 있지만, 또한 귀하게 여길 것도 있다" 하는 것이다.

내 벗 경우 씨는 안자를 배우는 사람이다. 그의 자가 이와 같으니, 그의 마음이 어디에 있는지 알 수 있겠다. 나는 이에 「우잠」을 지어 권면할 뿐만 아니라, 또한 이로써 내 스스로를 경계한다.

공자가 제자 안회에 대해 이렇게 말한 바 있다.

"내가 회와 함께 종일토록 말을 했으나 듣기만 할 뿐 상반된 의견이 없어 어리석은 듯하더니만, 그가 물러남에 그의 사생활을 살펴보니 내 말의 이치를 분명히 깨닫고 충실히 실천하고 있었다. 회는 어리석지 않구나!"(『논어』「위정」)

이런 안회가 서른한 살의 나이로 요절했을 때, 공자는 "하늘이 나를 망치시는구나" 하며 깊이 탄식한 바 있다.

공자의 또 다른 제자 자공子貢은 공자로부터 "지나간 것을 일러주니, 올 것을 아는구나"(『논어』「학이」) 하는 칭찬을 받은 바 있고, 자하子夏도 "나를 흥기시키는 자는 자하로다"(『논어』「팔일」) 하는 칭찬을 받은 바 있다. 그러나 그들이 비록 말 잘하고 똑똑하기로 소문이 났고 공자에게 일부 인정을 받기도 했지만, 어리석은 듯 보였던 안회만큼 공자로부터 깊은 인정을 받지는 못하였다.

'가지고 있는데도 없는 듯한 것'은 공자의 제자인 증자曾子의 말에서 비롯된 것이며, 이 말은 안회에 대한 평가라 한다.

"능력이 있어도 무능한 사람에게 물으며, 많이 들었어도 들은 게 적은 사람에게 물으며, 학문과 지식이 있어도 없는 듯하며(有若無), 가득 찼어도 텅 빈 듯 겸허하며, 남이 내게 잘못을 범해도 따지지 않는 일에 옛날 내 벗이 종사하였다."(『논어』「태백」)

잘난 체하며 이것저것 따져보지만 실제로는 흐리멍덩한 사람과, 겉으로는 어리석은 듯 보이나 마음으로 깨달음이 있는 사람이 있다면, 이 가운데 진짜 바보는 어느 쪽인가? 그리고 우직愚直하게 충절을 지키다가 죽었던 사육신死六臣의 한 사람 박팽년의 삶은 과연 어느 쪽이었을까?

신발 <small>어세겸</small>

오직 의를 밟아서
번화한 거리를 달려가네
오직 너를 보아서
길흉의 조짐을 살피노라

履銘

惟義之蹈 趨康莊兮 惟爾之視 將考祥兮

어세겸魚世謙(1430~1500)은

조선의 문신으로, 자는 자익子益, 호는 서천西川, 본관은 함종咸從, 시호는 문정文貞이다.

그는 스무 개의 기물에 대한 잠언인 「기물명이십수器物銘二十首」를 지은 바 있는데, 이 가운데 신발에 관한 것을 뽑았다.

'발자취'란 말이 있다. 그 뜻은 원래 발로 밟고 지나갈 때 남는 흔적을 가리키지만, 사람이나 사회가 지나온 이력을 비유하는 데도 쓴다. 신발을 뜻하는 한자 '리履'도 '사람의 행실'을 뜻하는 데 사용한다. 따라서 이 잠언에서 '의를 밟는다' 함은 곧 '의로운 행실을 실천한다'는 말이며, 번화한 거리로 나가더라도 의로움의 신발을 신고서 의롭게 처신해야 한다는 뜻이다.

한편 행실과 관련하여 『주역』 이괘履卦에는 이렇게 말하고 있다.

"행실을 보아 길흉의 조짐을 살피되, 그것이 원만하고 허물이 없다면 크게 길하리라."

사람의 길흉화복은 그가 행한 행실의 선악에 달려 있으니, 행실이 선하고 원만하면 크게 길할 것이라는 말이다.

책 _김시습

내가 가지고 있는 책은
나의 둘도 없는 절친한 벗
여러 질의 서책을
자리 곁에 두고는
읽으면서 사색하고
흠모하며 가르침을 헤아려본다

책 속의 옛사람은 날 가르치고 나는 질문하니
마치 직접 가르침을 주고받는 듯하다
친히 가르치는 듯할 뿐만 아니라
책 속의 말이 육성으로 들리는 듯하여
오랜 세월의 격차에도 불구하고
담장 너머로 보는 듯하고
머나먼 거리임에도 불구하고
마치 손바닥 안에 있는 듯하다

예전에 배웠던 것에서 새로운 걸 터득하고
정밀하게 연마하여 확고히 지키며
도리에 맞지 않는 글은
살펴서 물리치고
도리에 맞는 글은

자세히 분석하고 연구한다

이를 일러 군자의 책을 사랑하는 참 재미라 한다

圖書銘

我圖我書 惟我之友 累袠籤卷 置諸座右 誦讀思想 欽慕稽訓 訓誨難問 怳如授
受 不啻親炙 若自其口 千世之遠 如示墻牖 萬里之遙 如在掌手 溫古知新 精
研確守 不經之文 攷而莫訛 性理之書 窮推析剖 是謂君子愛圖書之眞趣

김시습金時習(1435~1493)은

조선의 문인으로, 자는 열경悅卿, 호는 매월당梅月堂 · 동봉東峯 · 청한 자淸寒子, 본관은 강릉江陵, 시호는 청간淸簡, 법명은 설잠雪岑이다. 세 조가 단종을 폐위하고 등극한 것에 반대한 생육신의 한 사람이다.

책을 사랑하고 독서가 생활화된 옛 선비의 참뜻이 담긴 잠언이다. 책을 펼치니 옛사람의 육성이 들리는 듯하다 했으니, 시간과 공간의 거리에도 불구하고 책과 자신의 거리가 매우 가까이 접근해 있음을 알겠다.

그렇다고 아무 책이나 가까이하지는 않는다. 유익한 벗이 있고 유해한 벗이 있듯, '둘도 없는 절친한 벗'인 책이지만, '도리에 맞지 않는 것'은 물리치고 '도리에 맞는 것'을 가려서 읽는다.

부끄러움을 깨닫다 🌾 성현

마음에서 부끄럽게 여겨야
의를 행하여 잘못을 고친다
자기의 불초함을 부끄럽게 여겨야
행실이 마땅하게 된다

악인과 함께 있을 때에는
늘 부끄러움을 지녀야지
보이지 않는다고 투합하면
그 이마에 땀이 흥건하리라

비단옷 입은 게 무슨 영광이며
관문지기가 무슨 비천한 일이더냐?
부끄러워함이 있어 선에 이르게 되면
이 허물을 면하게 되리라

知恥箴

心之羞愧 惟義之爲 恥不若人 乃行之宜 與惡人立 常懷忸怩 以暗來投 其顙有
泚 衣錦何榮 抱關何卑 有恥且格 庶免厥疵

성현成俔(1439~1504)은

조선의 문신·학자로, 자는 경숙磬叔, 호는 용재慵齋·부휴자浮休子·
허백당虛白堂·국오菊塢, 본관은 창녕昌寧, 시호는 문대文戴이다.

부끄러움을 알아야 의를 행하고 선에 이른다고 했다. 덕치德治와 예치
禮治를 강조한 유가 사상에서 '부끄러움을 아는 것'은 매우 중요한 덕목
이다. 부끄러움에 관한 글 몇 가지를 아래에 소개해본다.

"정령政令으로 인도하고 형벌로 제재하면 백성들은 면하려고만 하고
부끄러워할 줄 모른다. 덕으로 인도하고 예로써 이끌면 부끄러워함이
있어서 선에 이를 것이다."(『논어』, 「위정」)

"사람이 자기의 불선不善에 대해 부끄러워함이 없어서는 안 되나니,
부끄러워함이 없는 것을 부끄럽게 여긴다면, 부끄러워할 일이 없게 될
것이다."(『맹자』, 「진심 상」)

"자기의 옳지 못함을 부끄러워하고 남의 옳지 못함을 미워하는 마음
인 수오지심羞惡之心이 없으면 사람이 아니니, 수오지심은 의義의 발
단이다."(『맹자』, 「공손추 상」)

부끄러움을 아는 것, 이것이야말로 도덕성과 윤리 의식을 갖춘 참 선비
가 추구해야 할 삶의 태도라 하겠다.

등잔걸이 김일손

등잔 하나를 걸어두니
나와 내 그림자, 우리 둘을 마주하고 있다

등잔이 기름에 기대면 환하게 밝고
기름이 다하면 어둠침침해지듯
사람 또한 배움에 기대면 환하게 밝아지고
배우지 않으면 눈 먼 맹인처럼 되리라

나의 묵은 책들을 비추어주며
나를 짝하여 잠들지 않으니
담장 모퉁이에 버려지는 건
나의 뜻이 아니로다

短檠銘

棲一點缸 對我影雙 托膏而焰 膏盡則晻 賴學則明 失學則盲 照我塵編 伴我不眠 牆角之棄 非吾志也

김일손金馹孫(1464~1498)은

조선의 문신·학자로, 자는 계운季雲, 호는 탁영자濯纓子·이당伊堂·
운계은사雲溪隱士·소미산인少微山人, 본관은 김해金海, 시호는 문민文
愍이다. 연산군 때 김종직의 「조의제문弔義帝文」을 사초史草에 실었다
하여 국문을 받고 처형되었다.

원제의 단경短檠은 '짧은 등잔걸이'란 뜻이다. 등잔걸이의 등불은 기름
이 있으면 주위를 환히 밝혀주고, 기름이 떨어지면 어둠침침해진다. 사
람에게서 학문 또한 마찬가지이다. 사람이 학문을 하면 이치에 밝아지
고, 배우지 않으면 이치에 어두워지는 법이다.

경계하고 두려워하다

편안할 때 경계하고 두려워하지 않는 걸
누가 떳떳한 이치라 말하랴!
위태로울 때 경계하고 두려워하는 걸
어찌 지혜롭다 말하랴!

편안할 때 늘 경계하고 두려워한다면
위태로움이 어찌 이를 수 있으랴!
위태로울 때 경계하고 두려워한들
어찌 이 위험을 되돌릴 수 있으랴!

편안함과 위태로움은
참으로 자기의 행실에 달려 있는지라
지혜로운 사람은
위태로움이 시작되기 전에 경계하고 조심한다

戒懼箴

無懼于安 誰云常理 存懼于危 豈曰有知 于安常懼 危烏可至 于危縱懼 安可復
此 安危之機 實係操履 哲人是懼 懼乎未始

심의沈義(1475~?)는

조선의 문신으로, 자는 의지義之, 호는 대관재大觀齋 · 대관자大觀子, 본관은 풍산豊山이다. 기묘사화를 일으킨 훈구 세력의 주역인 심정沈貞의 아우이다. 그러나 훈구 세력에 비판적인 태도를 취하여, 훈구 세력에게 배척받았을 뿐만 아니라, 양심적인 사림士林에게도 환영받지 못하였다. 결국 가화家禍를 염려한 그는 일찍 관직에서 물러나 평생 바보로 자처하며 살았다 한다.

원제의 계구戒懼는 '경계하고 두려워한다'는 의미이니, 그의 삶과 결코 무관하지 않다 하겠다.

거안사위居安思危라 했으니, 편안할 때 장래에 닥칠 위험을 생각하여 미리 대비할 일이다. 유비무환有備無患이라 했으니, 미리 조심하고 경계하여 대비함이 있으면 환란에 이르지 않을 것이다.

몸을 지키다 — 김안국

선대의 지혜로운 이에게 들으니
나라를 지키듯 제 몸을 지키라 했다
뜻을 장수로 삼고 기氣를 병졸로 삼으며
주경主敬을 성곽으로 삼으면
사리사욕의 도적이 침략할 수 없고
방자함과 위선의 도적이 공격할 수 없다

그리하여 천군天君인 마음이 태연해져
내가 가야 할 길을 가게 된다면
만복이 나란히 이르고
요망한 것들이 사라지리라

어리석은 자는 이를 거슬러서
기꺼이 외물에 부림을 당한다
이 몸의 물욕物慾을
스스로 이겨낼 수 없는지라
저 교묘한 함정을 밟아서
거기에 빠지거나 엎어진다

옛날의 현명한 사람들은
말을 듣자마자 마음으로 깨달았으니

이미 제 몸을 지켰으면
나머지는 그 안에서 저절로 해결된다
아아, 지금 사람들은
혼미하고 밝지 못하여 깨침이 없나니
제 몸은 어찌하여 지키지 않고
다른 걸 지키는 데 힘을 쏟나!

천하의 만물 가운데
무엇이 내 몸보다 소중한가?
제 몸을 버리고 다른 걸 지킨다면
제 몸마저도 잃고 말리라

내가 내 몸을 지키는 것이니
날마다 몸을 지키는 데 전념할 생각으로
지금 사람들이 하는 바를 버리고
옛사람을 스승으로 삼으리라

守身箴

聞諸先哲 守身若守國 志帥氣卒 主敬以爲郭 利欲之賊 不能以侵掠 肆僞之寇
不能以衝擊 天君泰然 建我皇極 百福騈臻 禎妖屛息 愚者悖之 甘爲物役 尺寸
之軀 不能以自克 蹈彼機穽 不陷則覆 古之達人 聲入心通 旣守其身 餘在其中
嗟今之人 迷昏罔悟 身焉不守 惟他守是務 天下之物 孰切吾身 棄身守物 身且
喪淪 我守我身 思日敬之 今人之棄 古人之師

김안국金安國(1478∼1543)은

조선의 문신·학자로, 자는 국경國卿, 호는 모재慕齋, 본관은 의성義城, 시호는 문경文敬이다. 성리학의 보급과 실천에 힘썼던 인물이다.

원제의 수신守身은 '자기의 몸을 지킨다'는 의미로, 자기의 몸을 지킴으로써 불의不義에 빠지지 않도록 한다는 말이다. 『맹자』에 이런 말이 있다.

"지키는 것 중에 무엇이 큰 것인가? 제 몸을 지키는 것이 큰 것이다 … 무엇인들 지킴이 아니랴마는 제 몸을 지키는 것은 지킴의 근본이다."(「이루 상」)

지킴 가운데 가장 크고 근본이 되는 '수신'을 위해, 나라를 지키는 군대처럼 뜻을 장수로 삼고 기氣를 병졸로 삼으며 주경主敬을 성곽으로 삼아, 사욕과 위선을 물리치라 했다. '주경'이란 '경敬을 주장한다'는 뜻으로, 망령된 생각과 망령된 행동이 없도록 하며, 마음을 한결같이 집중하여 다른 생각이 끼어들어 어지럽히지 않도록 하는 것을 이른다. 곧 정신을 집중하여 흐트러지지 않게 하는 것이다.

어리석은 듯함 ── 이자

안자顔子는 공자를 모시고 공부할 적에
단비가 만물을 윤택하게 적셔주듯이 하여
선생의 음성과 안색에 기대지 않고서도
만 가지 선한 변화가 저절로 생겨났다

지금 어떤 한 사람이
선생을 좇아서 배우고 있는데
물어보아도 살펴보지 않고
가르쳐주어도 따르지 않는다

그럼에도 태연자약 스스로 옳게 여겨
마치 안자의 어리석음과 같이 하는데
스스로 반성해봄에 허물이 많을지나
어째서 허물이 없는 듯이 하는가?

이런 사람을 진짜 어리석은 사람이라 하나니
끝끝내 공부에 게으르고 힘쓰지 아니한다
하여 내가 이 경계의 글을 지어
삼가고 경계하게 하노라

如愚箴

顔子侍夫子 如時雨澤物 不假聲色 萬化自發 今有一人 從先生遊 問之不審 誨
之不猶 虛徐自是 如顔子愚 自省多疢 豈有若無 是謂眞愚 終然泄泄 我用是箴
一欽一戒

이자李耔(1480~1533)는

조선의 문신 · 학자로, 자는 차야次野, 호는 음애陰崖 · 몽옹夢翁 · 계옹
溪翁, 본관은 한산韓山, 시호는 문의文懿이다.

원제의 여우如愚는 '어리석은 듯하다'는 뜻으로, 공자가 안회에 대해
'어리석은 듯하더니만(如愚), 어리석지 않구나' 했던 말에서 유래한 것이
다. 이 말은 박팽년의 「어리석음(愚箴)」에서 살펴본 바 있다.

'어리석은 듯하다'는 말 속에는 어리석은 듯 보여도 절대로 어리석지
않다는 의미가 내포되어 있다. 그 누구보다도 공자를 잘 이해하고 공자
의 도를 충실히 이행하여, 아성亞聖으로도 불리는 안회가 바로 그러한
삶을 살았다.

흰 병풍 🎋 신광한

그 색이 흰빛이니
바탕이 아름답다
검소하되 누추하지 않는 게
군자가 지키는 것이다
사악하고 방종한 마음을 막아서
어둠 속에서도 속여서는 안 되나니
그림 그리는 일은
바로 이를 바탕으로 삼아야 하리라

🎋 素屏銘

素其色 質之美也 儉而不陋 君子之衛也 閑邪防逸 暗不可欺 終施繪事 于以爲
資

신광한申光漢(1484~1555)은

조선의 문신으로, 자는 한지漢之·시회時晦, 호는 기재企齋·낙봉駱峯·석선재石仙齋·청성동주靑城洞主, 본관은 고령高靈, 시호는 문간文簡이다.

원제의 소병素屛은 '그림이나 글씨가 없이 흰 종이나 흰 비단으로 된 병풍'을 말한다. 바탕을 중시했던 공자는 이렇게 말했다.

"그림 그리는 일은 흰 바탕을 마련한 뒤에 한다(繪事後素)."(『논어』「팔일」)

여기서 그림 그리는 일은 예禮로 몸단장을 하는 것이다. 곧 예를 배우기 전에 그 바탕이 되는 성실성과 덕행을 먼저 갖추어야 한다는 뜻이다. 기본이 되는 바탕을 갖추지 않고 겉만 화려하게 꾸미는 것을 경계한 말이다.

솥 _김정국

현鉉이 가로로 걸쳐 있고
다리를 꼿꼿이 세운 채로
여기에 잘 놓여져 있으며
그 용도는 물건을 변혁하는 것
기울어지면 잘못되어
솥 안의 음식이 엎어지나니
너의 몸을 진중히 하여
기울어지지 않도록 하라

鼎銘

鉉橫亘 足植立 爰居處 用革物 失於攲 覆中餗 重爾體 毋偏僻

김정국金正國(1485~1541)은

조선의 문신·학자로, 자는 국필國弼, 호는 사재思齋·팔여거사八餘居士, 본관은 의성義城, 시호는 문목文穆이다.

원제의 정鼎은 네 개 또는 세 개의 다리가 있는 솥을 말한다. 그리고 첫 구절의 현鉉은 솥귀의 구멍에 꿰어 솥을 들어올릴 수 있게 만든 고리를 가리킨다.

솥의 용도가 '물건을 변혁하는 것'이라 했는데, 그것은 『이천역전伊川易傳』의 정괘鼎卦에 나오는 말이다.

　"솥의 용도는 물건을 변혁하는 것이니, 날고기를 변하여 익게 하고, 단단한 것을 바꾸어 부드럽게 한다."

그런데 솥은 한쪽 다리가 부러지면 그 속에 담긴 음식을 엎어버리므로 제 기능을 다하지 못한다. 그래서 『주역』에서는 자기가 맡은 임무를 제대로 감당하지 못하는 것을 다음의 비유로 경계하였다.

　"솥의 발이 부러져 삼공三公에게 바칠 음식을 엎었다(鼎折足, 覆公餗)."(정괘鼎卦)

덕이 박하면서 높은 지위에 오르거나, 지혜가 작으면서 큰 일을 도모하거나, 힘이 적으면서 무거운 짐을 드는 사람이 곧 '솥의 발이 부러진' 경우에 해당한다. 따라서 사람은 자기에게 주어진 임무를 충실히 감당할 수 있도록, 자기를 수양하고 행동을 진중히 하여, 한쪽으로 기울어져서 엎어지는 일이 없도록 경계해야 할 것이다.

근심과 두려움 _김정

왕후장상이든 땅강아지든
모두 한 구릉에서 생을 마친다
세상만사가 모두 다 꿈이거니
인생 백년에 무엇을 근심하랴!

憂懼箴

王侯蟻螻 同盡一丘 萬事皆夢 百年何憂

김정金淨(1486~1521)은

조선의 문신·학자로, 자는 원충元沖, 호는 충암沖庵·고봉孤峯, 본관은 경주慶州, 시호는 문간文簡이다. 조광조와 함께 김굉필의 학통을 계승한 정통 사림士林의 한 사람으로 평가받는다.

이 잠언의 원제는 「십일잠十一箴」이다. 그의 나이 20세를 전후한 시기에 지은 것으로, 약관의 나이에 인생에서 힘쓰고 경계해야 할 것을 11개의 잠언에 담아냈다. 이 가운데 '근심과 두려움'에 대한 잠언을 뽑았다. 다음은 그 서문이다.

대륙이 한가운데 있고, 큰 바다가 그것을 둘러싸고 있다. 그 속에 생물들이 번식하나니 그것이 몇 천만 종인지 헤아릴 수가 없다. 무릇 지각이 있는 사람이라면 모두 어떤 일을 해나가고, 어떤 일을 해나가면 근심과 두려움이 생기게 마련이니, 도망간들 벗어날 수가 없다. 문을 나서자마자 가로막는 게 있어 세상이 넓다는 것을 모르는 자가 있다고 하자. 그의 근심은 더욱 커져서 비록 큰 바다로도 다 받아들이지 못할 것이다. 그리고 극단에 이르면 형체가 떠나고 혼백이 흩어져서 적막하게 아무것도 남아 있지 않으리니, 괴이하지 않은가!

조물주의 한 손에서 음과 양이 생겨나고, 길吉과 흉凶이 서로 기대고, 화禍와 복福이 서로 얽히고, 근심과 즐거움이 근원을 함께하고, 기쁨과 두려움이 뿌리를 함께하여, 그 사이에 조금의 틈도 없다. 그러므로 무릇 한 번 음이 되고, 한 번 양이 되는 것은 천도天道의 떳떳함이다. 한 번 화가 있고 한 번 복이 있는 것은 인간사의 정상적인 것이다. 하늘엔 음양이 있는데 도를 아는 이가 그 순환을 알고, 인간에겐 화복이 있는데 도를 아는 이가 그 갈마듦을 편안히 여긴다.

근심을 당해 근심해도 근심이 없어지지 않고, 두려움을 당해 두려워해도 두려움이 그치지 않으니, 그것을 찬찬히 살펴서 저절로 풀리게 하고, 그것을 받아들여서 저절로 사라지게 해야만, 이치에 통달한 행위가 되며, 도에 나아감이 지극해진다. 그러므로 군자는 '천리를 즐기고 천명을 아는' 것이다. 따라서 근심하지도 두려워하지도 않는다.

근심과 두려움은 어떤 일을 하고자 하는 사람이라면 피할 수 없는 숙명과도 같은 것이다. 이러한 근심과 두려움에 얽매이지 않으려면 어떻게 해야 하는가? 『주역』 「계사상전」에는 이렇게 답하고 있다.

"군자는 천리天理를 즐기고 천명天命을 알기(樂天知命) 때문에 근심하지 않는다."

군자는 인간의 숙명을 천리와 천명으로 받아들이는 초탈한 마음을 보존하고 있다. 그러므로 어떤 근심거리도 근심이 되지 못하고, 어떤 두려움도 두려움이 되지 못하는 것이다.

앞의 두 구절은 두보杜甫의 시 「알문공상방謁文公上方」에서 따온 것이다.

왕후장상이든 땅강아지든	王侯與螻蟻
다같이 죽어서 구릉으로 돌아가네	同盡隨丘墟

줄 없는 거문고 ─ 서경덕

거문고에 줄이 없으니
본체만 보존하고 작용은 없앴도다
진실로 작용을 없앤 것이 아니라
고요함 속에 그 움직임을 함유했도다

소리로 듣는 것은
소리 없이 듣는 것만 못하며
형체로 즐기는 것은
형체 없이 즐기는 것만 못한 법

형체 없이 즐기므로
그 오묘함을 터득하게 되며
소리 없이 들으므로
그 미묘함을 터득하게 된다

밖으로는 있음에서 터득하나
안으로는 없음에서 깨닫는데
바로 여기서 아취를 얻게 되니
어찌 거문고 줄 익히는 공부에 힘쓰랴!

無絃琴銘

琴而無絃 存體去用 非誠去用 靜其含動 聽之聲上 不若聽之於無聲 樂之形上 不若樂之於無形 樂之於無形 乃得其徵 聽之於無聲 乃得其妙 外得於有 內會 於無 顧得趣乎其中 奚有事於絃上工夫

서경덕徐敬德(1489~1546)은

조선의 학자로, 자는 가구可久, 호는 화담花潭·복재復齋, 본관은 당성 唐城, 시호는 문강文康이다. 황진이·박연폭포와 함께 개성을 대표하는 송도삼절松都三絕로 일컬어진다.

눈으로 보고 귀로 듣는 것만으로는 어떠한 진리를 온전히 파악할 수 없 는 법이다. 도리어 육체의 눈과 귀에 현혹되어 진리로부터 더욱 더 멀어 지기도 한다. 오직 마음의 눈을 뜨고 마음의 귀를 열 때, 진리에 한 발 더 다가갈 수 있는 것이다. 적절한 비유가 연암 박지원의 글에 나온다. 「답 창애지이答蒼厓之二」이다.

본분으로 돌아가는 것이 어찌 문장뿐이리오? 일체의 모든 일이 다 그 렇지요. 화담花潭(서경덕) 선생이 길을 가다가 집을 잃고 길에서 울고 있는 사람을 만났더랍니다.

"자네는 왜 우는 겐가?"

"저는 다섯 살에 눈이 멀어 이제 20년이 지났습니다. 아침나절에 출 타하였는데 갑자기 천지만물이 또렷하고 환하게 보이게 되었습니다. 너무도 기뻐 집으로 돌아가려 하였으나, 길에는 갈림도 많고 대문은 저 마다 똑같아 제 집을 분간하지 못하겠습니다. 이 때문에 우는 것입니다.”

“내 자네에게 집으로 돌아가는 방법을 가르쳐주겠네. 도로 자네의 눈을 감게. 그러면 곧바로 자네 집에 이르게 될 걸세.”

그렇게 그 사람은 눈을 감고 지팡이를 두드리며 발걸음에 내맡겨 자기 집에 이를 수 있었답니다. 이것은 다른 게 아닙니다. 빛깔과 형상이 전도되고, 슬픔과 기쁨이 작용하여, 이것이 망상을 일으켰기 때문입니다. 지팡이를 두드리며 제 발걸음을 믿는 것, 이것이 바로 우리가 분수를 지키는 요체요, 집으로 돌아가는 보증이었던 것입니다.

여기서 눈을 감으라 한 것은, 육체의 눈과 귀를 닫고 마음의 눈과 귀를 열어서, 마음에게 길을 물으라는 말이다. 『채근담』에서도 형상을 버리고 마음을 쓰라며 이렇게 말하고 있다.

“사람들은 글자 있는 책은 읽을 줄 알면서 글자 없는 책은 읽을 줄 모르며, 줄 있는 거문고는 뜯을 줄 알면서 줄 없는 거문고는 뜯을 줄 모르나니, 형체 있는 것만 쓸 줄 알고 그 정신은 쓸 줄 모른다. 그러니 어찌 거문고와 책의 참맛을 알겠는가?”

뜻이 확정되면 마음이 고요해진다

이언적

정직함으로 호연지기를 기르며
화순和順함으로 본성을 기르라
하늘의 이치를 즐기며
의리와 천명에 편안하라

뜻이 확고하게 정해지면
마음은 저절로 고요해지리라
만 가지 변화에 처하여도
정신의 집중을 잃지 말라

定靜銘

直養氣 和養性 樂天理 安義命 志有定 心自靜 處萬變 主一敬

구방심 잃어버린 마음을 찾다

이언적李彦迪(1491~1553)은

조선의 문신·학자로, 초명은 적迪, 자는 복고復古, 호는 회재晦齋·자계옹紫溪翁, 본관은 여주驪州, 시호는 문원文元이다. 그의 주리설主理說은 퇴계 이황에게 계승되어 화려하게 꽃을 피웠다는 평가를 받는다.

원제에서 정定은 '뜻을 확고하게 정한다'는 뜻이고, 정靜은 '마음이 망령되이 흔들리지 않고 고요하다'는 뜻이다.

이 잠언은 그의 나이 57세 되던 명종 2년(1547) 정월초하루에 지은 것이다. 그 이태 전에는 을사사화가 일어나 수많은 선비들이 화를 입었고, 한 해 전에는 당시 정권의 실세 윤원형 등에 의해 그 자신도 모든 관작을 삭탈당하는 화를 당했다. 이처럼 위태로운 시기에 새해 첫날을 맞아, 뜻을 확고히 함으로써 마음의 안정을 찾고자 지은 잠언이다.

벼루 🎋 정사룡

몸가짐이 차분하고 바탕이 숫돌처럼 단단함은
이른바 일에 서투른 졸자拙者가 그러하다
쉽게 시작했다가 쉽게 포기함은
이른바 일에 능하다는 능자能者가 그러하다

재주가 있든 재주가 없든
어찌 자중하지 않으랴!
내가 인생 백년을 살아가는 동안
내게 끼치는 벼루의 은택은 끝이 없으리라

🎋 硯銘

體靜質礦 拙者之用 動弊銳退 能事之縱 材與不材 盍亦自重 我食百年 不枯其
供

정사룡鄭士龍(1491~1570)은

조선의 문신으로, 자는 운경雲卿, 호는 호음湖陰, 본관은 동래東萊이다.
벼루의 묵중하고 졸박한 자태를 예찬한 잠언이다. 송나라 때의 학자
주돈이周敦頤는 「졸부拙賦」를 지어 졸박함의 미덕을 이렇게 예찬한 바
있다.

교자는 말을 잘하고	巧者言
졸자는 침묵한다	拙者默
교자는 수고롭고	巧者勞
졸자는 한가롭다	拙者逸
교자는 남을 해치고	巧者賊
졸자는 남에게 덕을 베푼다	拙者德
교자는 흉하고	巧者凶
졸자는 길하다	拙者吉
아아!	嗚呼
천하가 졸박하면	天下拙
형벌로 다스리는 정치를 철폐하여도	刑政撤
위로는 임금이 편안하고 아래로는 백성이 순종하리니	上安下順
풍속이 맑아지고 폐습이 없어지리라	風淸弊絶

여기서 졸자는 겉으로는 졸렬해 보이나 내면으로 덕을 갖춘 사람을 가
리킨다. 그리고 교자는 자기의 재주를 믿고 경솔히 행동하는 사람을 가
리킨다. 『맹자』에서는 "나아가는 게 빠른 자는 물러가는 것도 빠르다(其
進銳者, 其退速)"(「진심 상」) 하였으니, 이런 사람이 바로 교자이다.

무량배 _기준

어찌 아름다운 여색뿐이랴!
사람을 미치게 하는 약인 술도 있다
나의 선한 마음을 줄어들게 하고
나의 음란함과 사특함을 자라나게 한다

네 거동을 술로써 어지럽히지 말고
덕으로 음주를 절제하여
과불급過不及 없는 중용의 덕을 기르고
분노와 욕망을 사라지게 하라

無量杯銘

豈惟美色 又有狂藥 耗我情性 長我淫慝 無亂乃儀 將之以德 養其中和 消其忿
慾

기준奇遵(1492~1521)은

조선의 문신·학자로, 자는 자경子敬, 호는 복재服齋·덕양德陽, 본관은 행주幸州, 시호는 문민文愍이다. 1519년 기묘사화에 연루되어 아산牙山으로 유배되었다가, 이듬해 함경도 온성穩城으로 옮겨졌으며 이곳에서 사사되었다.

그는 유배지 온성에서 일상으로 대하는 예순 개의 사물에 이름을 짓고, 이에 대한 명문銘文을 지은 바 있는데, 이것이 그의 문집에 「육십명六十銘」이란 제목으로 실려 있다.

이 잠언은 「육십명六十銘」 가운데 술잔에 관한 잠언이다. 그는 술잔의 이름을 무량배無量杯라 하였다. 무량배란 '양을 제한하지 않는 술잔'이란 뜻으로, 『논어』의 다음 구절에서 비롯된 말이다.

"공자가 오직 술만은 양을 제한하지 않았지만(無量), 행실이 어지러운 데에는 이르지 않았다."(「향당」)

그리고 『서경』 「주고酒誥」에도 술을 경계한 다음의 말이 실려 있다.

"술은 늘 마시지 말고 오직 제사 때만 마실 것이며, 마시더라도 덕으로 절제하여 취하는 지경에 이르지는 말라(德將無醉)."

술은 제사 지낼 때만 마실 것이며, 비록 제사 때 마시더라도 덕으로 절제하여 제사를 받들어 모시는 정도에서 그쳐야지, 술에 취하는 지경에 이르러서는 안 된다는 경계이다.

기준이 지은 「명물기名物記」에도 "술잔의 이름은 무량이니, 덕으로 절제한다(杯曰無量, 德將也)" 하였으니, 『논어』와 『서경』의 이 구절에서 의미를 취한 것임을 알 수 있다. 술을 마시되 취하지 않도록 경계하여, 분노와 욕망이 사라진 평정한 마음을 유지하라는 잠언이다.

만족할 때와 물러날 때 ⎯ 민제인

예전 은나라 왕조 때
이윤伊尹이라는 분이 있었으니
탕임금과 태갑의 극진한 대우에도
물러나려 생각했다
한나라 왕조가 일어날 때
유후 장량張良이란 분이 있었으니
천자가 알아주었음에도
신선 적송자를 좇아서 노닐었다
성현도 오히려 이와 같았으니
하물며 그 나머지 사람들이랴!

공적과 명예는
예로부터 오래 머물기 어려웠어라
위세는 항상 누릴 수 있는 게 아니며
권세는 오래 가질 수 있는 게 아니다
화와 복은 서로 기대어 떨어질 줄 모르며
성공과 실패에는 운수가 있는 법이다

군자가 귀하게 여기는 것은
족함을 아는 것뿐이다
이미 그 족함을 알았다면

거기에서 바로 그쳐야 하리니

그침과 그치지 않음에서

안전함과 위태로움이 나누어진다

이 모든 것이 나에게 달렸나니

어찌 선철들을 스승으로 삼지 않으랴!

止足箴

昔殷之時 有若伊尹 遇湯與甲 猶思退遜 逮漢之興 有若留侯 天授相知 亦從仙
遊 聖賢尙爾 何況其餘 功名之際 自古難居 勢不可常 權不可久 倚伏相乘 成
虧有數 君子所貴 知足而已 旣知其足 斯可以止 止與不止 安危所別 其機在我
盡師先哲

민제인閔齊仁(1493~1549)은

조선의 문신으로, 자는 희중希中, 호는 입암立巖, 본관은 여흥驪興이다.

원제의 지족止足은 '만족하여 그치고 욕심 부리지 않는다'는 의미이며, 『노자』에 "만족함을 알면 욕되지 않고, 그칠 줄 알면 위태롭지 않다(知足不辱, 知止不殆)"는 말이 나온다.

이윤伊尹은 본래 궁중 요리사 출신이었으나 은나라를 세운 탕湯임금에게 발탁되어 재상의 지위에까지 올랐던 인물이다. 그는 탕임금의 손자 태갑太甲이 왕위에 올라 전횡을 일삼자 태갑을 일시 추방했는데, 태갑이 곧 회개하자 정권을 물려주고 은퇴하였다고 한다.

장량張良은 한나라 고조를 도와 천하를 통일하고 유후留侯에 봉해진 인물이다. 만년에는 벼슬에서 물러나 신선 적송자赤松子를 좇아 신선술을 익혔다고 전해진다. 장량의 은퇴는 같은 한나라 개국공신임에도 물러날 줄 모르다가 결국엔 참살당했던 한신韓信의 처신과 대비되어 자주 거론된다.

이윤과 장량은 자기의 소임을 다한 뒤에 만족함을 알고 모든 걸 버리고 물러났던 인물이다. 이와 달리 자기의 소임을 마치고도 그 자리에 계속 머물러 있는 것은 욕심이며, 욕심에는 반드시 화가 뒤따르는 법이다. 한신처럼….

스스로 경계하다 _상진_

경박함은 중후함으로 고쳐야 하고
조급함은 느긋함으로 고쳐야 하고
편벽됨은 관대함으로 고쳐야 하고
경솔함은 차분함으로 고쳐야 하고
난폭함은 온화함으로 고쳐야 하고
거칠음은 섬세함으로 고쳐야 한다

自警銘

輕當矯之以重 急當矯之以緩 偏當矯之以寬 躁當矯之以靜 暴當矯之以和 麤
當矯之以細

상진尙震(1493~1564)은

조선의 명재상으로, 자는 기부起夫, 호는 송현松峴 · 향일당嚮日堂 · 범허재泛虛齋, 본관은 목천木川, 시호는 성안成安이다. 벼슬은 영의정에까지 올랐으며, 매사에 불편부당하기로 유명했다.

이 잠언은 그의 7세손 귀택龜澤이 어떤 인가에서 발견하여 후손들에게 물려준 것이라 한다.

자기에게 어떤 단점이 있으면 그것에 대립되는 것을 키워감으로써 그 단점을 보완하라는 잠언이다. 이를 실천한 두 사례를 소개해본다.

전국시대 위나라 서문표西門豹는 성미가 너무 급하였기 때문에 이를 고치고자 무두질한 부드럽고 느슨한 가죽을 늘 몸에 차고 다녔다 한다. 또 춘추시대 진나라 동안우董安于는 성격이 너무 느슨했기 때문에 이를 고치고자 팽팽한 활시위를 늘 몸에 차고 다니면서 자신을 돌아보았다고 한다.

서리를 밟을 때 주세붕

조짐에서 두려워해야 하고
조짐에서 막아야 한다
조짐에서 밝게 하지 못하면
어둠으로 귀착되고
조짐에서 막지 못하면
위태함을 초래할지니
조짐이 나타난 조기에
그 조짐을 분별해야 하리라
그 분별을 조기에 하지 않으면
후회막급이 되리라

『주역』에 교훈 있으니
이를테면 서리 밟는 것이다
서리를 조심 않고 밟은들
처음에야 무슨 위험 있으랴만
끊임없이 밟다 보면
단단한 얼음이 이르리라
조짐은 자라게 해서는 안 되나니
자란 뒤엔 다스리기 어렵도다
조그만 차이라 하더라도
삼가지 않으면 어긋남이 천 리는 되리라

그러므로 말을 한다

"작지만 무시 않고 큰 것을 도모하는 자는 흥하고
쉽다 하여 무시하고 어려움을 잊는 자는 망한다"
경계하고 경계하기를
이 잠언으로 하노라

履霜箴

可畏者幾 可防者微 幾之不炳 昧其歸 微之不杜 蹈其危 迨其早也 盍先辨之
辨苟不早 悔不可追 大易有訓 譬如履霜 履霜凜然 始亦何傷 履之不已 堅氷乃
至 漸不可長 長則難治 不謹毫釐 謬或千里 故曰 圖大於細者興 忘難於易者亡
戒之戒之 箴用此章

주세붕周世鵬(1495~1554)은

조선의 문신·학자로, 자는 경유景遊, 호는 신재愼齋·남고南皐·무릉도인武陵道人·손옹巽翁, 본관은 상주尙州, 시호는 문민文敏이다.

이 잠언은 1528년(중종 23) 그의 나이 34세 때 지은 것이다. 원제의 이상履霜은 '서리를 밟는다'는 뜻으로, 『주역』 곤괘坤卦에 나오는 말이다.

"서리를 밟으면 단단한 얼음이 이른다(履霜, 堅冰至)."

서리를 밟고 있다면 머잖아 얼음을 꽁꽁 얼게 하는 동장군이 이를 것이므로, 그 대비를 지금 서리를 밟고 있을 때 미리 해야 한다는 의미이다.

서리를 밟을 때처럼 나쁜 일의 조짐이 처음에는 비록 미약할지라도, 그 조짐이 자라나 크게 되면 걷잡을 수 없게 되는 법이다. 우리 속담에도 '호미로 막을 것을 가래로 막는다' 했다. 그러므로 조짐이 처음 나타날 때 미리 막아서 조심해야, 암담하고 위태로운 지경에 이르지 않을 것이다.

술 — 이황

아아, 술이여!
사람에게 혹독하게 화를 끼치니
장을 썩게 하여 병이 나게 하고
본성을 어지럽혀 덕을 잃게 하는구나

몸에서는 몸을 상하게 하고
나라에선 나라를 전복시키나니
내가 그 독을 맛본 적 있고
자네도 이 함정에 떨어졌구나

「억抑」편에 경계가 있으니
어찌 함께 힘쓰지 않으랴!
굳센 마음으로 제재하면
저절로 많은 복을 얻으리라

酒誡

嗟哉麴蘗 禍人之酷 腐腸生疾 迷性失德 在身戕身 在國覆國 我嘗其毒 子阽其
窖 抑之有誡 胡不共勖 剛以制之 自求多福

이황李滉(1501~1570)은

　조선의 학자로, 자는 경호景浩, 호는 퇴계退溪 · 도산陶山, 본관은 진보
眞寶, 시호는 문순文純이다.

　이 잠언은 그의 문인 김명원金命元(1534~1602)에게 준 것이다. 퇴계
는 젊은 시절 술을 꽤나 좋아하여 술을 마시고 말을 탔다가 낙마한 일이
있었는데, 이후로 술에 대해 경계하는 마음이 자못 깊었다 한다.

　『시경』「억抑」 편에서 술에 빠져 즐거워하는 것을 경계한 구절을 상기
시키며, 제자에게도 이 경계를 거울삼아 술을 억제하라 가르쳤다. 술에
빠져 화를 당한 젊은 시절 자신의 경험에 비춰, 술을 즐기는 제자를 타이
르는 스승의 애틋한 마음을 읽을 수 있다.

좌우명 _{조식}

말과 행실을 미덥게 하고 삼가며
사악함을 막고 성실함을 보존하라
산악처럼 우뚝하고 연못처럼 깊으면
움이 돋는 봄날처럼 빛나고 빛나리라

座右銘

庸信庸謹 閑邪存誠 岳立淵冲 燁燁春榮

조식曹植(1501~1572)은

　조선의 학자로, 자는 건중楗仲, 호는 남명南冥, 본관은 창녕昌寧, 시호
는 문정文貞이다. 그는 일찍이 출사를 단념하고 평생 산림에 은거하며
학문과 제자 교육에만 힘써, 퇴계 이황과 함께 영남 유학의 쌍벽을 이루
었다.

　그는 늘 방울과 검을 차고 다니며 흐트러지기 쉬운 마음을 일깨웠다 한
다. 그 방울은 이름이 성성자惺惺子이고, 검은 이름이 경의검敬義劍이
다. 특히 경의검에는,

　　안으로 마음을 밝히는 것은 '경'이요　　　　內明者敬
　　밖으로 행동을 결단하는 것은 '의'이다　　　外斷者義

하는 글귀를 새겨놓았다 한다. 이 좌우명 역시 방울과 검을 차고 다녔던
정신과 맥락을 같이하고 있다.

초미금 _~_ 홍섬

물건은 스스로 귀해지지 못하고
사람을 통해서 그 귀함을 이룬다
사람은 스스로 울지 못하고
물건을 통해서 소리를 낸다

불에 타다 남은 나무토막을
누가 좋은 재목임을 알았으랴!
사람이라면 누군들 귀가 없으랴마는
물건 역시 때를 만나고 못 만남이 있다

때가 오지 않았을 때에는
불구덩이 속에서 타고 있다가
때가 왔을 때에는
남풍시南風詩를 연주한다

네가 불 속에서 타고 있다가
나를 만나서 보존되었고
나의 즐거움과 나의 슬픔은
네가 나를 대신하여 말해준다

허나 어찌 그 처음을 돌아보지 않으랴!

그때는 한 끝이 불에 타고 있었도다

거문고여! 거문고여!

밤낮으로 힘쓰고 힘쓸지어다

焦尾琴銘

物不自貴 因人而成 人不自鳴 因物而聲 爨下殘查 誰識其高 人誰無耳 物亦有
遭 時之不來 烈焰之中 時乎來矣 絃以南風 爾焚爾燎 得我而存 我樂我悲 爾
代我言 盍觀厥初 有焦其尾 琴乎琴乎 夙夜亹亹

홍섬洪暹(1504~1585)은

조선의 문신으로, 자는 퇴지退之, 호는 인재忍齋·눌암訥菴, 본관은 남
양南陽, 시호는 경헌景憲이다.

원제의 초미금焦尾琴을 풀이하면 '꼬리 부분이 탄 거문고'란 뜻으로,
거문고의 범칭으로 쓰인다. 그 유래는 한나라 때의 학자 채옹蔡邕의 고
사에 있다. 채옹이 어느 날 아궁이 속에서 오동나무가 타고 있는 소리를
듣고 "이것은 좋은 재목이다" 하고 꺼내어 거문고를 만들었는데, 그 한쪽
끝이 탔으므로 '초미금'이라 했다 한다.

이 고사는 백락일고伯樂一顧 고사와도 유사한 면이 있다. 어떤 말장수
가 말을 팔려고 시장에 내놓았으나, 며칠이 지나도 팔리지 않았다. 그런
데 당시 최고의 말 감정가인 백락이 그 말을 찬찬히 살피는 것을 보자, 사
람들이 너도나도 그 말을 사려고 하여 말의 값이 순식간에 치솟았다 한
다. 명마도 백락을 만나야 그 진가가 세상에 알려지듯이, 재능 있는 사람
도 그를 알아주는 사람을 만나야 빛을 발한다는 뜻의 고사성어이다.

이 잠언 역시 '좋은 재목과 좋은 안목을 가진 사람', 그리고 '때를 만나
고 못 만남'에 대해 생각해보게 하는 글이다.

남풍시는 순舜임금이 오현금五絃琴을 만들어서 읊었다는 악곡이다. 그
가사가 『공자가어』「변악해辨樂解」에 실려 있다.

남풍의 훈훈함이여	南風之薰兮
우리 백성의 분노를 풀어주는도다	可以解吾民之慍兮
남풍이 때에 맞게 불어줌이여	南風之時兮
우리 백성의 재물을 풍성하게 해주도다	可以阜吾民之財兮

일을 기억하다 유희춘

심기心氣가 부족하면
일을 만나서도 잊어버리는 게 많다
어떻게 기억력을 되찾을 것인가?
마음을 집중하는 게 좋은 방도이다

記事銘

心氣不足 遇事多忘 何以求之 主一良方

유희춘柳希春(1513~1577)은

조선의 문신·학자로, 자는 인중仁仲, 호는 미암眉巖·연계漣溪, 본관은 선산善山, 시호는 문절文節이다. 조선시대 개인의 일기 가운데 가장 방대한 『미암일기眉巖日記』를 지었다.

원제의 기사記事는 '일에 대해 기억한다'는 뜻이다. 『논어』에 "일을 집행할 때에는 경敬으로 한다(執事敬)"(「자로」) 하였고, 성리학에서는 이 '경敬'을 '마음을 집중하는(主一)' 것이라 하였다. 그리고 마음을 집중하는 것의 핵심은, 밖으로 달려가려 하는 마음을 안에 잡아두는 데 있다. 맹자는 이것을 '구방심求放心'(잃어버린 마음을 찾음)이라 하였다.

이 잠언은 마음을 다하고 집중하는 '주일主一'을 통해, 어떤 일을 하든지 소홀히 잊어버리는 게 없도록 하겠다는 의미이다.

대야와 물 윤현

대야는 그릇이라
그 안이 비어 있고
비어 있어 물을 받아들인다
받아들이기는 하지만
가득 차면 넘친다

물은 물질이라
그 형체가 유동적이고
유동적이라 고요함이 내재해 있다
움직임을 붙들어 그치게 하고
움직임이 그쳐지면 안정된다

대야의 교훈을 받드는 자는 많으나
물의 교훈을 지키는 자는 드무나니
반드시 이 교훈을 일삼아서
마음을 다해야 하리라

盤水銘

盤爲器 其中則虛 虛以容物 容亦有科 盈則溢 水爲物 其體則動 動以有靜 持
動要平 平斯定 捧盤者多 保水者稀 必有事焉 敬以將之

윤현尹鉉(1514~1578)은

조선의 문신으로, 자는 자용子用, 호는 국간菊磵, 본관은 파평坡平, 시호는 충간忠簡이다.

원제의 반수盤水는 '대야에 담긴 물'이란 뜻이다. 대야의 허虛(비어 있음)로부터 마음 비우는 것을 배우고, 나아가 대야의 물로부터 마음을 다스려 고요하게 하는 것을 배워야 한다는 잠언이다.

대야와 그 대야에 담긴 물은 일상으로 늘 대하는 것이다. 옛 선비들은 이런 잠언을 대야같이 일상으로 쓰는 물건에 새겨두고, 그것을 사용할 때마다 늘 되새기며 스스로 반성하곤 했다. 이것이 곧 옛 선비들이 잠箴과 명銘이란 형식의 글을 지은 의도이다.

등불 ·· 노수신

등불이 자기의 밝음으로
사람을 밝게 해주는지라
밤새도록 깊은 생각으로 잠들지 않고
앉아서 동트는 아침을 기다리노라

내 어찌 널 속인 적 없으랴마는
너는 네 스스로 속인 적 없었도다
한결같이 이와 같은지라
이 까닭에 내가 너를 가지노라

書籬燈

以其昭昭 使人昭昭 不寢終夜 坐以待朝 豈不爾欺 爾罔自欺 惟其繼之 是以有之

🐟 노수신盧守愼(1515~1590)은

조선의 문신·학자로, 자는 과회寡悔, 호는 소재蘇齋·이재伊齋·십청
정十靑亭·암실暗室, 본관은 광주光州, 시호는 문간文簡이다.

원제의 구등篝燈은 '불어리를 씌운 등'을 가리킨다. 맨 처음의 두 구절
을 『맹자』에서 인용함으로써, 등불과 현자를 동일시하고 있다.

"현자는 자기의 밝음으로써 남을 밝게 한다(賢者, 以其昭昭, 使人昭
昭)."(「진심 하」)

현자는 자기의 총명함으로 다른 사람의 어리석음을 일깨워준다. 등불
또한 자기의 밝은 빛으로 세상의 어둠을 밝혀주니, 현자와 꼭 닮은 미덕
을 가지고 있다.

그리고 속인다는 것은 성실하지 못함을 말한다. 『대학』에서는 "그 뜻을
성실히 한다는 것은 스스로 속이지 않는 것이다(誠其意者, 毋自欺也)" 하
였다. 등불은 어둠 속에서도 빛을 잃지 않고 환하게 자신을 드러낸다. 자
신을 환하게 드러내고 있으니 속일래야 속일 수가 없다. 그러므로 자신
을 속이지 않는 성실성을 가지고 있다 하겠다.

현자처럼 자기의 밝음으로 어둠을 밝혀주며, 스스로를 속이지 않는 등
불의 성실함을 예찬하고, 그런 삶을 살고자 하는 뜻을 밝힌 잠언이다.

하늘을 기운 돌 문익성

이 돌에는 무늬가 있고
그 색깔은 다섯 가지
이를 잘 갈고 다듬으면
신령스럽기 짝이 없으리라

혹시라도 이 돌이 없다면
하늘은 하늘이 아니리니
이 돌로 망가진 하늘을 기워내면
영원무궁하리라

補天石銘

有文斯石 五其色兮 鍊之磨之 神謀不測 倘無玆石 天不天 一補其缺 億萬古斯
年

문익성文益成(1526~1584)은

조선의 문신 · 학자로, 자는 숙재叔栽, 호는 옥동玉洞, 본관은 남평南平이다.

원제의 보천석補天石은 '하늘을 기운 돌'이라는 뜻이다. 옛날 중국의 전설에 공공씨共工氏가 축융씨祝融氏와 싸웠다가 이기지 못하자, 화가 치밀어 머리로 부주산不周山을 들이받았다 한다. 그때 하늘을 받치고 있던 기둥이 부러지고 땅을 동여매고 있던 밧줄이 끊어졌는데, 여와씨女媧氏가 오색의 돌을 다듬어 하늘을 깁고(補天), 자라의 다리를 끊어 사방의 끝에다 기둥으로 세웠다 한다.

이 잠언에서 '다섯 빛깔의 무늬'는 인간의 본성인 오성五性, 즉 인仁 · 의義 · 예禮 · 지智 · 신信을 비유한 것이다. 그리고 '돌'은 이 오성을 가지고 있는 마음을 비유한 것이며, '하늘'은 이 마음을 담고 있는 사람의 몸을 비유한 것이다.

방 모퉁이 _권호문

남이 보지 않는다 하여 속여도 괜찮을까?
수많은 눈이 보고 있느니라
제 혼자 있다 하여 태만해도 괜찮을까?
수많은 손가락이 손가락질하고 있느니라

숨기는 것보다 더 잘 드러나는 게 없고
은미한 것보다 더 잘 나타나는 게 없으니
얼굴빛과 몸가짐을 엄숙하고 단정히 하여
불선不善의 조짐을 살펴야 하리라

이런 까닭으로
남이 보지 않는 곳에서도
잘못이 있을까 경계하고 삼가며
남이 듣지 않는 곳에서도
잘못이 있을까 두려워하나니
군자는 이처럼 자기 수양에 성실한지라
선한 마음이 태연히 제자리에 있는 것이다

屋漏銘

幽可欺歟 十目所視 私可慢歟 十手所指 莫見乎隱 莫顯乎微 儼若思 審厥幾
是以 戒愼乎所不覩 恐懼乎所不聞 君子存誠 泰然天君

권호문權好文(1532~1587)은

조선의 학자로, 자는 장중章仲, 호는 송암松巖 · 청성산인靑城山人, 본관은 안동安東이다.

원제의 옥루屋漏는 '방의 서북 모퉁이'를 뜻하며, 깊고 은밀한 곳을 비유한다. 『시경』 「억抑」 편에 나오는 말이다.

| 네가 방에 있는 것을 보니 | 相在爾室 |
| 여전히 옥루에 부끄럽지 않도다 | 尙不愧于屋漏 |

다른 사람이 보지 않는 은밀한 방에 홀로 있을 때에도, 몸가짐을 단정하게 하여 방 모퉁이에 부끄럽지 않게 한다는 말이다. 이것이 바로 옛 선비들이 추구했던 수양의 최고 경지인 신독愼獨이다. 신독이란 홀로 있을 때도 마음속의 욕망을 누르고 삼간다는 뜻이다. 『대학』과 『중용』의 다음 구절 또한 모두 신독에 힘쓰라는 가르침이다.

"수많은 눈이 보고 있고, 수많은 손가락이 손가락질한다(十目所視, 十手所指)."(『대학』)

"숨기는 것보다 더 잘 드러나는 게 없고, 은미한 것보다 더 잘 나타나는 게 없다(莫見乎隱, 莫顯乎微)."(『중용』)

종이 이불 황정욱

하얗기는 구름과 같고
따뜻하기는 솜과 같아
이 종이 이불을 덮으면
단잠을 자게 된다

담박하고
화려함과는 거리가 멀며
말 수도 있고 펼 수도 있으니
나는 너와 함께 서로 의지하리라

紙衾銘

白如雲 煖如綿 于以覆之 甘寢眠 淡泊之宜 華靡之違 能卷能舒 吾與爾相依

황정욱黃廷彧(1532~1607)은

조선의 문신으로, 자는 경문景文, 호는 지천芝川, 본관은 장수長水, 시호는 문정文貞, 봉호는 장계부원군長溪府院君이다.

원제의 지금紙衾은 '종이 이불'이란 뜻이다. 옛 선비들은 화려함을 멀리하고 담박함을 추구했다. 그것을 『채근담』에는 이렇게 말하고 있다.

"차라리 화려함을 사양하고 담박함을 달게 여기면, 깨끗한 이름이 오래도록 세상에 남으리라(寧謝紛華, 而甘澹泊, 有個淸名在乾坤)."

종이 이불은 비단 이불처럼 화려하지는 않지만, 흰 구름처럼 하얗고 깨끗하여, 소박함과 담박함을 추구하는 선비에게 꼭 알맞다. 더구나 그는 청백하고 검소한 생활로 깨끗한 이름을 오래도록 남기고 있는 황희黃喜 정승의 후손이 아니던가!

필갑 　 송익필

배가 얕아 쉬이 가득 차고
입이 넓어 숨기는 게 없도다
겉모양이 방직하고 내면으론 청렴하니
군자가 가까이하는도다

筆匣銘

腹淺易盈 口闊無隱 外方內廉 君子所近

송익필宋翼弼(1534~1599)은

조선의 학자로, 자는 운장雲長, 호는 구봉龜峯·현승玄繩, 본관은 여산
礪山, 시호는 문경文敬이다. 서출庶出이라 벼슬은 못하였으나, 성리학과
예학禮學에 밝았으며, 그의 문하에서 김장생金長生·김집金集·정엽鄭
曄 등의 많은 학자가 배출되었다.

원제의 필갑筆匣은 '붓을 넣어두는 상자'를 말한다. 붓을 담는 몸통이
작아 탐욕스럽게 가득 채울 수 없고, 입구가 넓어서 속이 훤히 들여다보
이니 아무것도 숨길 수가 없다. 그래서 내면으로 청렴하다 하였다. 또한
필갑의 모양이 네모반듯하게 생겼으므로, 겉모양이 방직方直하다 한 것
이다. 겉모양이 곧고 바른데다, 내면까지도 청렴한 필갑이다. 그러니 군
자가 가까이하는 것이다.

술과 말 _권문해

술에 빠지지 말라
환란에 이르는 계단이니
말에 경솔하지 말라
근심에 이르는 사다리니
말의 티는 갈아 없애기 어렵고
취중 실수는 깨어나면 두렵도다

제 몸은 이 때문에 위태로워지고
집안은 이 때문에 망하리니
술을 금하고 말을 삼가서
제 몸을 보호하고 집안을 지켜라
잠시라도 잊을까 두려우니
마음과 입에 새겨두라

自警箴

毋耽酒 亂之階 毋輕言 禍之梯 玷難磨 醒則怕 身以危 家由敗 是禁是愼 以保
以守 恐斯須忘 銘諸心口

![fish icon] 권문해權文海(1534~1591)는

조선의 문신 · 학자로, 자는 호원灝元, 호는 초간草澗, 본관은 예천醴泉이다. 역사 · 인문 · 지리 · 문학 · 예술 등을 총망라한 백과사전 『대동운부군옥大東韻府群玉』(20권)을 저술한 바 있다.

이 잠언은 선조 9년(1576) 그의 나이 43세 때 지은 것으로, 술과 말을 경계하고 조심하여 제 몸을 해치거나 집안을 망치는 일이 없도록 하라는 뜻을 담고 있다. 그리고 이것을 마음과 입에다 새기라 했으니, 일상으로 쓰는 물건에 새기는 것보다 더 절실히 염두에 두어야 한다는 뜻이겠다. 우리가 일상으로 쓰는 '명심하라'는 말이 곧 '마음에(心) 새겨두라(銘)'는 뜻이다.

머리빗 🌾 성혼

몸에 머리카락이 있는데
더러운 티끌이 덮는지라
하루라도 그냥 놓아두면
질병이 살갗에 있는 듯하여
아침 일찍 일어나서
천 번 빗질하고서야 그친다

게으른 자를 보건대
봉두난발인데도 빗질하지 않고
거동은 어긋나고 마음은 거칠어
기꺼이 제멋대로 하는데
무엇이 깨끗하고 무엇이 더러우며
무엇이 안전하고 무엇이 위태로운가?

그대들은 경계하고 경계하여
게으름을 습관이 되게 하지 말며
홀로 있을 때도 삼가고 경계함을
매양 부족한 듯이 생각하라

이 몸과 이 마음을
날마다 씻어 새롭게 하고

수양하여 부끄러움이 없게 한다면
저절로 무한한 즐거움이 있으리라

⚒ 🐟∙ 梳帖銘

有髮于身 垢穢蒙之 一日不治 如疾在肌 夙寤晨興 千梳乃已 或看懶夫 頭蓬不
理 儀乖心荒 乃嬉于肆 孰潔孰汚 孰安孰危 小子戒之 其謹于習 戒懼謹獨 每
懷靡及 小體大體 日新洗濯 養以無愧 自有其樂

구방심 잃어버린 마음을 찾다

성혼成渾(1535~1598)은

조선의 문신 · 학자로, 자는 호원浩原, 호는 우계牛溪 · 묵암默庵, 본관은 창녕昌寧, 시호는 문간文簡이다. 학문과 행실을 갖춘 큰 선비로서 당시에 추앙을 받았다.

원제의 소첩梳帖은 빗을 넣어두는 '빗접'을 가리키며, 제자들을 위해 이 잠언을 지은 것으로 보인다. 이 잠언에서 빗은 머리를 빗는 빗일 뿐만 아니라, 마음의 때를 빗어내는 마음의 빗이기도 하다. 머리에 빗질하듯이 자신을 수양함으로써, 부끄럽지 않고 떳떳하게 살아가야 한다는 가르침을 담은 잠언이다.

늘 배우고 익히다 <small>이이</small>

하늘이 나에게 선한 본성을 주셨나니
어찌하면 이를 온전하게 할 수 있을까?
하늘이 부여한 본성은 비록 똑같지만
이를 깨닫는 데는 선후의 차이가 있다
선한 본성을 밝혀 처음으로 돌아가려면
배움을 계단으로 삼아야 하나니
마음을 보존하여 생각하고 궁리하는 데
정성을 쏟고 쏟아야 할 것이다

앉아 있기를 시동尸童처럼 하고
서 있기를 재계하듯이 하여
어느 때 어느 곳이든 힘쓰고 힘쓸지니
어찌 감히 잠시라도 게을리 하랴!
습관이 되면 자연스러워질 것이며
선을 내 몸에 가지면 성실해지리라

선이 안에까지 흡족하게 되면
내 마음이 기뻐하게 되어
선행을 그만두려도 그만둘 수 없어
마침내는 성인聖人의 영역에 들리라

배웠으되 이것을 늘 익히지 않는다면
밭을 갈았으되 김매지 않는 것과 같은지라
이에 옛날의 아름다운 말로 이 글을 지어
내 마음의 경계로 삼노라

時習箴

天界吾衷 曷全所受 賦與雖均 覺有先後 明善復初 惟學是階 存心思繹 念玆不
差 其坐如尸 其立如齋 勉勉自强 敢怠須臾 習成自然 有善斯孚 浹洽于中 我
心則悅 欲罷不能 終歸聖域 學不時習 有耕不耘 爰撫嘉言 警我心君

이이李珥(1536~1584)는

조선의 문신·학자로, 자는 숙헌叔獻, 호는 율곡栗谷·석담石潭·우재愚齋, 본관은 덕수德水, 시호는 문성文成이다.

원제의 시습時習은 '배운 것을 늘 복습한다'는 뜻으로, 『논어』의 맨 처음에 나오는 말이다.

"배우고 그 배운 것을 늘 익히면, 또한 기쁘지 않으랴!(學而時習之, 不亦說乎)." (「학이」)

이에 대해 송나라 때의 성리학자인 사량좌謝良佐는, "시습이란 어느 때고 익히지 않음이 없는 것이니, 앉아 있기를 시동尸童처럼 함은 앉아 있을 때의 익힘이요, 서 있기를 재계하듯이 함은 서 있을 때의 익힘이다" 하였다. "앉아 있기를 시동처럼 하고, 서 있기를 재계하듯이 한다(坐如尸, 立如齋)"는 말은 『예기』「곡례 상」에 나오며, 용모를 공경스럽게 한다는 뜻이다. 시동尸童은 옛날 제사 지낼 때 신위神位 대신 그 자리에 앉히던 아이를 말한다.

배움이 있으되 그것을 다시 복습하여 내 것으로 만드는 과정이 없다면, 예컨대 밭을 갈고 제아무리 좋은 종자를 심었더라도 김을 매지 않아 잡초에 뒤덮여서 모든 게 허사로 돌아가는 것과 무엇이 다르겠는가! 이런 점을 경계하는 잠언이다.

좌우명 김천일

남의 잘못 따지기를 좋아하면
숨은 재앙이 반드시 닥치리라
남의 악을 드러내길 좋아하면
드러난 재앙이 반드시 이르리라

座右銘

好論人非 陰禍必貽 喜揚人惡 顯殃必至

김천일金千鎰(1537~1593)은

조선의 문신·의병장으로, 자는 사중士重, 호는 건재健齋·극념당克念堂, 본관은 언양彦陽, 시호는 문열文烈이다. 임진왜란 때 나주에서 의병을 일으켜 경기·경상·전라·충청 4도에서 활약하였으며, 진주성이 함락되자 자결하였다.

이 잠언은 남의 허물을 쉽게 말하다가는, 도리어 그것이 앙화가 되어 나에게 되돌아오므로, 그것을 조심하라는 경계를 담은 글이다. 인평대군麟坪大君(1622~1658)의 시조 「세상 사람들이」와 꼭 닮은 내용이다.

세상 사람들이 입들만 성하여서
제 허물 전혀 잊고 남의 흉 보는구나
남의 흉 보거라 말고 제 허물을 고치고저

책 _이덕홍

책에 실려 있는 말은
도리 아닌 게 없다
남에게 물어 의문을 분변하면
자기 몸에 배움이 쌓이리라
영원토록 성현의 마음을 전해주니
누군들 너 서책을 따르지 않으랴!

册銘

見成說底 莫非道理 問辨於人 學聚於己 千古傳心 孰不由爾

이덕홍李德弘(1541~1596)은

조선의 학자로, 자는 굉중宏仲, 호는 간재艮齋, 본관은 영천永川이다. 이황의 문인으로 『주역』에 밝았다.

이 글은 책에 대한 잠언이다. 먼저 '책 속의 말이 모두 도道를 담고 있다'며 책의 가치를 높이 평가하였다. 그러나 아무리 좋은 책이라 한들 아무런 비판 의식 없이 혼자서 기계적으로 읽어서는 안 된다. 그런 독서로는 책 속에 담긴 지식을 온전히 내 것으로 만들 수 없기 때문이다. 그래서 책 속의 지식을 내 것으로 체득하기 위해서는, 다른 사람들과 토론도 하고 의문 나는 것을 자세히 물어도 보아 분명하게 분변해야 한다고 하였다. 이는 곧 "군자는 배워서 지식을 모으고 물어서 의문을 분변한다"(『주역』 건괘乾卦)는 정신을 계승한 것이다.

세상과 사절하다 — 정구

스스로 궁벽한 산골에 숨어들어
세상과는 길이 인연을 끊고
그림자와 자취를 숨긴 채
남은 생을 마치겠노라

武屹題壁

自竄窮山 與世長辭 滅影絕迹 以盡餘年

정구鄭逑(1543~1620)는

조선의 문신·학자로, 자는 도가道可, 호는 한강寒岡·사양병수泗陽病叟, 본관은 청주淸州, 시호는 문목文穆이다. 퇴계 이황과 남명 조식의 문하에서 수학하여, 두 학맥을 통합·계승한 학자로 평가받는다.

원제의 무흘武屹은 그가 고향 성주星州에 지은 무흘정사武屹精舍를 가리키며, 무흘정사는 그의 나이 62세 되던 1604년에 지었다. 여헌 장현광이 지은 「행장」에,

"선생(정구)은 궁벽하고 조용함을 좋아하여, 다시 작은 서재를 지어서 책을 보관하고 놀며 휴식하는 장소로 삼고는 이름을 '무흘'이라 하였다."

하는 내용이 있다. 이 잠언은 무흘정사의 벽에 쓴 것으로, 세상과 인연을 끊고서 은둔하며 남은 생을 마치겠다는 뜻을 담고 있다.

검 ~~ 이순신

1.
석 자 검으로 하늘에 맹세하니
산과 강이 벌벌 떠는도다

2.
한번 휘둘러 쓸어버리니
피가 산과 강을 물들인다

劍銘

三尺誓天 山河動色(1) 一揮掃蕩 血染山河(2)

이순신李舜臣(1545~1598)은

조선의 무신으로, 자는 여해汝諧, 본관은 덕수德水, 시호는 충무忠武
이다.

이 두 검명은 그가 임진왜란 때 사용했다고 전해지는 한 쌍의 검에 새겨
진 것이다. 이 검은 1594년 당시 검을 만드는 명수였던 태귀련太貴連과
이무생李茂生이란 장인이 만든 것으로, 현재 현충사에 보관되어 있으며,
보물 제326-1호이다. 왜적을 기필코 물리치겠노라는 스스로의 결연한
다짐이 담겨 있으며, 무인 장수의 굳센 기상을 읽을 수 있는 검명이다.

만년의 깨달음 — 성여신

네 나이는 비록 많다지만
네 덕은 아름답지 못하다
네 육신은 비록 완전하나
네 풍모는 못나고 못났다

그 까닭을 가만히 생각하니
마음을 잡아두지 못해서이다
마음을 잡아두려면 어찌해야 하나?
성인께서 지극한 가르침을 남기셨다
'박문약례博文約禮'의 한마디를…
그 의미가 깊고도 간명하다

배움은 이른 새벽부터 힘써서
촌음을 아껴가며 독실해야 하리라
행실은 게으름이 없도록 하여
예가 아니면 행하지 말아야 하리라
아침에 도를 깨쳤다면 저녁에 죽더라도
내 할 일은 이미 다 마친 것

晚寤箴

爾年雖高 爾德不邵 爾形雖具 爾貌不肖 靜思厥由 由心未操 操之何以 聖有至教 博約一語 旨而且要 惕鷄孜孜 惜陰慥慥 無怠無荒 非禮勿蹈 朝聞夕死 吾事已了

성여신成汝信(1546~1632)은

조선의 학자로, 자는 공실公實, 호는 부사浮查, 본관은 창녕昌寧이다.

원제의 만오晚寤는 '늦은 나이의 깨달음'이란 뜻이다. 이 잠언을 쓸 당시 그의 나이는 62세(1607)였다. 환갑을 넘긴 나이임에도 도덕과 행실의 바탕이 되는 마음공부에 전념하고자 하는 굳은 의지를 드러내고 있다.

그리고 그 마음공부의 요체는 바로 '박문약례博文約禮'에 있다고 하였다. 이 말은 안회가 스승인 공자의 교육에 대해 한 말이다.

"글로써 내 지식을 넓혀주시고, 예로써 내 행실을 단속해주신다(博我以文, 約我以禮)."(『논어』「자한」)

여기서 박문博文이란 학문을 가리키고, 약례約禮란 바른 행실을 가리킨다. 학문과 행실을 독실하게 닦아, 자기 삶의 최종 목표인 도道를 터득하겠노라는 구도求道의 열정을 분명히 하고자, "아침에 도를 들으면 저녁에 죽어도 좋다"(『논어』「이인」)는 공자의 말로 마무리하였다.

안경 — 이호민

눈 밝고 귀 밝은
남자의 신체를
조물주가 부여함은
실로 우연이 아니다

그 몸이 노쇠하게 되면
귀는 잘 들리지 않고
눈은 잘 보이지 않는데
귀를 멀게 하고
눈을 어둡게 하는 데에는
하늘의 뜻이 깃들어 있으리라

그러하니 하필이면
귀를 바짝 대고 들을 것이며
사물을 빌려 자세히 봄으로써
하늘의 뜻을 거스르랴!
눈을 닫고 귀를 막아
하늘의 조화에 동참하리라

병오년 5월 그믐날
비 내리는 수와睡窩에서 쓰노라

眼鏡銘

耳目聰明 男子之身 洪鈞賦與 實非偶然 及其衰也 聰者聾而明者眯 其使之聾
使之眯者 意亦有寓 何必低耳而聽 假物而視 拂上帝責俗之意耶 其惟返觀息
聽 與造化而同指也爾 丙午午月晦 書于睡窩雨中

이호민李好閔(1553~1634)은

조선의 문신으로, 자는 효언孝彦, 호는 오봉五峯 · 남곽南郭 · 수와睡
窩, 본관은 연안延安, 시호는 문희文僖이다.

첫 구절은 송나라 때의 학자 소옹邵雍의 「관물시觀物詩」에서 따왔다.

| 눈 밝고 귀 밝은 남자의 신체를 | 耳目聰明男子身 |
| 조물주가 부여한 것은 가난을 위해서가 아니다 | 洪鈞賦子不爲貧 |

이렇게 조물주가 부여한 신체를 자연에 내맡기고, 인위적으로 하늘의
뜻을 거스르지 않는 삶을 살겠다고 하였다.

그리고 더 나아가 관물觀物에 대한 자기의 태도를 분명히 하였다. 관물
이란 자아가 사물을 어떻게 바라보고 이해하는가에 대한 인식론에 해당
한다. 관물에 대한 체계를 세우고 후세에 가장 많은 영향을 끼친 인물은
소옹이다. 그는 『관물편觀物篇』을 지은 바 있는데, 이 책에서 '이아관물
以我觀物(나로써 사물을 봄)'과 '이물관물以物觀物(사물로써 사물을 봄)'
로 관물의 태도를 나눈 바 있다. '이아관물'이란 나의 눈(目)이나 마음
(心)을 통해 주관적으로 사물을 바라보는 것이고, '이물관물'이란 사물의
입장에 서서 이치(理)를 통해 객관적으로 사물을 바라보는 것이다. 이 가
운데 소옹은 이물관물을 중요시하여 그것을 반관反觀(返觀)이라 하였다.

이 잠언 역시 '반관'을 하겠다는 뜻을 담고 있다. 그런데 '사물을 빌려 자세히 보는 것(假物而視)'은 '이물관물'과 구분해야 한다. 사물을 빌려 자세히 본다 함은, 안경 같은 사물의 도움을 받아 눈이 더 잘 보이도록 하는 것이니, 이것은 결국 '이아관물'에 해당하는 것이다.

치욕 ── 이항복

선비가 멀리하고픈 게 치욕이나
치욕을 참으로 아는 자는 드물다
사람됨이 하류인 게 큰 치욕이고
선한 사람과 같지 않은 게 큰 수치다
자기 몸을 높은 데 둔다면
치욕이 저절로 이를 수 없으리라
멀리까지 가고 높은 데에 오르려면
반드시 가깝고 낮은 곳에서 시작하나니
홀로 있을 때 어찌 먼저 독실하지 않으랴!

일신의 안일을 추구하다 보면
퇴폐한 습속에 빠져들기 쉽고
세속의 유행을 따라가다 보면
비루한 데로 흐르기 마련이다
마음을 보존하여 본성을 따르면
덕이 나날이 높아질 것이고
남이 열 번 할 때 자기는 백 번 하면
배움이 나날이 진보되리니
애를 써서 알고 힘써서 실천하는 것만이
아마도 이 교훈에 가까우리라

恥辱箴

士之所欲遠者恥辱 眞知恥辱者鮮矣 居下流爲大辱 不若人爲深恥 置身高遠者
恥辱無自以至 行遠升高 必自卑近 則盍先橢慆於幽隱 懷安則易以頹墮 同俗則
流於鄙吝 存心養性則德日尊 人十己百則學日進 惟困知而勉行 或庶幾於斯訓

이항복李恒福(1556~1618)은

조선의 문신으로, 자는 자상子常, 호는 백사白沙 · 동강東岡 · 소운素
雲 · 필운弼雲 · 청화진인淸化眞人, 본관은 경주慶州, 시호는 문충文忠,
봉호는 오성부원군鰲城府院君이다. '오성과 한음' 이야기의 한 주인공
인 오성이다.

맹자는 사람이 치욕을 받는 원인을 이렇게 말하고 있다.

"사람은 반드시 스스로 업신여김당할 짓을 한 뒤에 다른 사람이 그를
업신여긴다."(『맹자』「이루 상」)

치욕이란 자기가 스스로 불러들인다는 말이다. 그렇다면 치욕을 멀리
하려면 어떻게 해야 하나? 선한 마음을 보존하여 선하게 살아가는 것이
라 하였다.

그리고 그 실천 방법은 '애를 써서 알고(困知) 힘써서 실천한다(勉行)'는
『중용』의 말에서 찾고 있다. 『중용』에서는 사람마다 타고난 자질을 "태어
나면서부터 진리를 깨달아 아는 생이지지生而知之, 배워서 아는 학이지
지學而知之, 애를 많이 써서 아는 곤이지지困而知之"의 세 부류로 나누었
고, 이 자질에 따라 "어떤 이는 편하게 느끼면서 진리를 실천하고, 어떤
이는 이롭게 여겨 실천하고, 어떤 이는 억지로 힘써서 실천한다" 하였다.

좌우명 김상용

달은 가득 차면 이지러지고
그릇은 가득 차면 엎어진다
끝까지 올라간 용은 후회하리니
만족할 줄 알면 욕되지 않으리라

권세에 기대어서는 아니 되며
욕심을 지나치게 부려서도 아니 되니
새벽부터 밤늦도록 경계하고 두려워하라
깊은 연못에 임한 듯 살얼음을 밟는 듯이

座右銘

月盈則缺 器滿則覆 亢龍有悔 知足不辱 勢不可恃 欲不可極 夙夜戒懼 臨深履薄

김상용金尙容(1561~1637)은

조선의 문신으로, 자는 경택景擇, 호는 선원仙源·풍계楓溪·계옹溪翁, 본관은 안동安東, 시호는 문충文忠이다.

이 좌우명은 달이 차면 기울고, 그릇이 차면 엎어지고, 지나치면 후회하듯이, 만족함을 알아 치욕을 당하지 않겠다는 스스로의 다짐을 담은 것이다.

'그릇이 차면 엎어진다' 했는데, 이 말은 '의欹'라는 그릇에서 유래한다. 이 그릇은 춘추시대 노나라 환공桓公이 항상 곁에 두었던 그릇이다. 뒷날 공자가 이 그릇을 보고 이렇게 말하였다.

"이 그릇은 속이 비어 있으면 기울어지고, 중간쯤 채워져 있으면 똑바로 서고, 가득 차면 엎어지므로, 임금이 경계로 삼으려 늘 앉은자리 곁에 두었다."

'늘 앉은자리(座) 곁에(右) 둔다' 하였으니, 이것이 곧 좌우명의 본뜻이다. 그릇이 가득 차면 균형을 잃고 쓰러지듯이, 무슨 일이든 지나치면 후회가 뒤따르는 법이다. 그것을 『주역』에서는 이렇게 경계하고 있다.

"끝까지 올라간 용은 후회한다(亢龍有悔)."(건괘)

부끄럼이 없기를 — 이수광

젊어서는 어찌하여 술을 탐하였고
늙어서는 어찌하여 책에 빠졌던가?
이 몸을 도모함은 얼마나 졸렬했고
세상과는 또 얼마나 소원했던가?

지나간 오십여 년 동안
일개 빈한한 선비에 불과했지만
이 마음을 시종 한결같게 한다면
부끄럽지는 않으리라

自警箴

少何耽酒 晚何嗜書 謀身何拙 與世何疏 五十年來 一箇寒士 終始此心 庶幾無愧

이수광李睟光(1563~1628)은

조선의 문신·학자로, 자는 윤경潤卿, 호는 지봉芝峯, 본관은 전주全州, 시호는 문간文簡이다.

이 잠언은 "머리를 들어서는 하늘에 부끄럽지 않고, 고개를 숙여서는 사람에게 부끄럽지 않는"(『맹자』「진심 상」) 한점 부끄럼 없는 선비의 삶을 살고자 스스로 경계한 글이다.

형제의 사랑 ❀ 최현

형이 되고 동생이 되었으되
부모의 한 몸에서 나뉜지라
용모도 서로가 비슷하며
말투도 서로가 비슷하다

동생이 어릴 적엔
형이 그 동생을 업어주고
동생이 숟가락을 잡지 못할 때는
형이 그 동생을 먹여준다
집밖으로 나가서는 함께 길을 가고
집안으로 들어와선 함께 거처하며
밥을 먹을 때는 밥상을 함께하고
잠을 잘 때는 함께 끌어안으며
슬플 때는 함께 울고
즐거울 때는 함께 웃는다

성인이 되어서는
형제간의 우애를
어찌 억지로 하랴!
우애란 본디부터 알고 있는 타고난 것
혼인하여 아내를 두고

각자가 살림을 하면서는
많고 적음을 따지느라
사심私心이 드디어 싹튼다
하인끼리 헐뜯고 질투하며
동서끼리 서로들 반목하여
원망하고 욕하면서 서로가 원수 되어
길을 가는 남보다 못한 관계가 된다
재물을 다투느라 관아에 고소하여
차마 민망한 것도 다 까발려
형제간이 아득히 멀어지고
천륜간이 금수 관계가 된다
세상의 도리가 이 지경에 이르렀으니
어찌 통곡하지 않으리오!

이 아름다운 형제는
그 마음이 여유롭고 너그러워
우애를 높이고 재물을 멀리하며
원한을 품거나 묵혀두지 않는다
형제간의 우애가
늙을수록 더욱 돈독해져
남들의 이간질이
들어갈 틈이 없다
그리고 분노를 잘 참아서
싸우는 걸 금하고 억제한다

저쪽에 비록 조금 잘못이 있더라도
내 쪽에서 마땅히 자책해야 하리니
해 끼치지 않고 탐하지 않는다면
어찌 형제간에 화목하지 않으리오!

아홉 대가 함께 한 집에 살았던 비결은
백 번의 참을 인忍 자에 있었나니
향리에선 효성스럽다 칭찬하였고
천자는 포상하여 드러내었으며
귀신도 몰래 도와 집안을 안정시켰고
자손들에겐 참으로 복이 많았다

오호라!
형의 뼈는 아버지의 뼈이고
동생의 살은 어머니의 살이다
부모의 한 기운이 두루 흘러 틈이 없으니
몸은 비록 둘이지만 근본은 하나이다
형제가 서로 화합하면
부모들이 기뻐하고
형제가 서로 불화하면
조상들이 슬퍼한다
온 천하도 한 집안처럼 지낼 수 있거늘
하물며 하늘이 정해준 형제임에랴!

옛사람은 말하였다

"부부는 비유하면 옷과 같고

형제는 비유하면 손발 같다"

옷은 찢어져도 바꿀 수 있으나

손발이 끊어지면 어찌 다시 이으랴!

「상체」와 「각궁」 편은

내 마음에 감동을 주는구나

옛사람의 지극한 말을 이어

짧은 글로 스스로를 책하노라

友愛箴

爲兄爲弟 分自一體 容貌相類 言語相似 弟在孩提 兄負其弟 弟未執匙 兄哺其
弟 出則同行 入則同處 食則同案 寢則同抱 哀則同哭 樂則同笑 及其成人 兄
愛弟敬 夫豈强爲 良知素性 有妻有子 各自治生 較短量長 私心遂萌 臧獲讒妬
婦娣反目 怨詈相讐 路人不若 訴官爭財 發奸摘伏 同氣楚越 天倫禽犢 世道至
此 可堪痛哭 此令兄弟 其心綽綽 尙義疏財 不藏不宿 兄友弟順 老而益篤 讒
搆行言 無間可入 其次忍怒 禁抑鬪詰 彼雖小過 我當自責 不忮不求 何用不睦
同居世九 忍字書百 鄕里稱孝 天子褒節 鬼神陰騭 子孫多福 嗚呼 兄之骨 是
父之骨 弟之肉 是母之肉 一氣周流而無間 身雖二而本則一 兄弟和順 則父母
悅 兄弟違拂 則先靈慼 四海尙可爲一家 況至親之天屬 古人有言曰 夫婦衣裳
也 兄弟手足也 衣裳破時 尙可換 手足斷時 安可續 彼常棣角弓之詩 使我心兮
戚戚 續古人之格言 書短篇而自責

최현崔晛(1563~1640)은

조선의 문신으로, 자는 계승季昇, 호는 인재訒齋, 본관은 전주全州, 시호는 정간定簡이다. 임진왜란이 일어나자 노경임盧景任과 함께 의병을 일으키기도 하였다.

이 잠언은 형제간의 우애를 강조한 것으로, 그 배경을 서문에서 이렇게 밝히고 있다.

영해 땅에 어떤 형제가 소송으로 크게 싸우고 있었다. 병중에 이 글을 써서 보이니, 그 형제가 크게 감동하여 집으로 돌아가 서로 자책하고, 마침내는 그 소송을 중지하였다. 비로소 사람이 타고난 떳떳한 천성이란, 원래 이와 같이 속이기 어렵다는 걸 알게 되었다.

당나라 때의 사람 장공예張公藝는 9대가 한 집에서 살았다 한다. 그 소문을 들은 당나라 고종이 그 비결을 묻자, 그는 '忍'(참을 인) 자를 백 번 써서 올렸다 한다. 이후 장공예의 집안은 화목한 집안의 대명사가 되었다. 그리고 『시경』의 「상체常棣」와 「각궁角弓」은 형제간에 서로 반목하지 말고 우애해야 한다는 내용의 시이다. 다음은 『시경』 「상체」의 한 구절이다.

상체의 꽃이여	常棣之華
환하게 활짝 피었도다	鄂不韡韡
무릇 지금 사람 중엔	凡今之人
형제 같은 이가 없도다	莫如兄弟
...	
척령이 언덕에 있으니	脊令在原
형제의 위급함을 구원하네	兄弟急難
아무리 좋은 벗이 있어도	每有良朋
길게 탄식만 할 뿐이로다	況也永歎

상체는 아가위이며, 척령은 물새의 이름이다. 이 시에서 유래하여 '상체'와 '척령'은 형제간의 우애를 상징하게 되었다. 판소리 「흥부가」에도 나온다. 놀부가 동생 흥부를 내쫓자, 흥부가 애원하는 대목이다.

"비나이다, 비나이다, 형님 전에 비나이다. 형제는 일신이라 한 조각을 베어내면 둘 다 병신 될 것이니 외어기모外禦其侮를 어이하리. 동생 신세 고사하고 젊은 아내 어린 자식 뉘 집에 의탁하여 무엇 먹여 살리리까. 장공예張公藝는 어떤 사람인고 하니 구세동거九世同居하였는데 아우 하나 있는 것을 나가라 하나이까. 척령은 짐승이나 급난지의急難之義를 알았고, 상체는 꽃이로되 담락지정湛樂之情을 품었으니, 형님 어찌 모르시오. 오륜지의를 생각하여 십분 통촉하옵소서."

새해를 맞으며 장흥효

경오년이 지나가고
신미년이 밝아왔다
악은 가는 해와 함께 떠났고
선은 오는 해와 함께 왔도다

저 어두운 골짝에서 나와
봄볕 따스한 춘대春臺로 올라오니
요사스런 안개는 흩어지고
맑은 바람 불어온다

분노의 산을 깎고
욕심의 구렁을 메워
분노와 욕심이 완전히 사라지니
구름이 걷히고 해가 보인다

중문中門을 활짝 여니
비뚤어지고 굽은 것이 보이지 않고
온 천하가
모두 내 문 안에 들어와 있도다

옛날에는 내 욕심을 이기지 못해

욕심에 빠져 헤어나질 못하였으나
지금 이것을 이기고 나니
본래의 선한 마음이 회복되었다

욕심을 이기고 이기지 못함에서
소인이 되고 군자가 되나니
군자가 되고자 한다면
반드시 자기의 욕심을 이겨야 하리라

짐승과 사람은
그 간격이 한 터럭일 뿐
짐승을 면하고자 한다면
어찌 경계하고 두려워하지 않으랴!

저 새를 보아도
오히려 머무를 곳을 알거늘
사람임에도 불구하고
머무를 곳을 알지 못해서야 되겠는가!

자기가 머무를 곳을 알게 되면
자기가 머무를 곳에 이르게 되나니
도道라는 것은 큰 길과 같은 것
눈으로 보았으면 발로 밟아서 걷게 된다

만 리를 내다보는 밝음도
눈으로 한 번 보는 데서 비롯된다
천 리를 걸어감도
발걸음을 한 번 떼는 데서 시작된다
지금 하나의 사물을 궁리하고
내일 또 하나의 사물을 궁리하라
지금 하나의 일을 행하고
내일 또 하나의 일을 행하라

하나의 사물을 궁리하는 것으로부터
만물을 궁리하는 데 이르며
하나의 일을 행하는 것으로부터
만사를 행하는 데 이른다

중단 없이 힘써야
군자가 되느니라
이외에 또 무엇을 구하랴!
나의 제자들아!

新歲箴

庚午歲去 辛未年來 惡與歲去 善與年來 出彼幽谷 登此春臺 妖霧之散 淳風之
回 懲忿摧山 窒慾塡壑 忿慾消盡 披雲覩日 洞開中門 不見邪曲 四海八荒 皆
入我闥 昔未克己 人欲之汨 今旣克之 天理之復 克與不克 小人君子 欲爲君子
必須克己 禽獸與人 所爭毫髮 欲免禽獸 寧不警惕 相彼鳥矣 猶知所止 可以人
矣 不知所止 知其所止 得其所止 道若大路 目見足履 萬理之明 肇於一目 千
里之行 起於一足 今格一物 明格一物 今行一事 明行一事 自格一物 至格萬物
自行一事 至行萬事 亹亹不已 乃成君子 此外何求 吾黨小子

장흥효張興孝(1564~1633)는

　조선의 학자로, 자는 행원行原, 호는 경당敬堂, 본관은 안동安東이다.
벼슬에 나아가지 않고 평생토록 학문과 후진 양성에 힘써 수많은 제자들
을 배출하였다. 특히 "물고기가 물을 떠나면 죽듯이, 사람도 도를 구하지
않으면 죽은 것이나 다름없다"며, 끊임없이 학문에 정진하도록 후학들을
독려한 것으로 유명하다.
　이 잠언 역시 제자들을 위해 지은 것으로, 1631년(인조 9) 그의 나이 68
세 되던 해에 지었다. 새해를 맞이하면서 제자들에게 자기 수양과 학문
에 철저할 것을 당부한 일종의 덕담이라 하겠다.

동짓날 　신흠

한 양陽이 생기고 차츰 나아가
순양純陽인 건乾에서 지극해지고
한 생각이 선하고 차츰 확충되어
성인聖人에 이르게 되나니
음은 양의 뿌리가 되고
움직임은 고요함에서 일어난다네
군자는 이를 보고서
성실히 하고 독실히 함으로써
생각에 사악함이 없게 하여
길을 잘못 들어도 머잖아 돌아온다

至日箴

一陽生而進而極於乾　一念善而充而至於聖　陰根乎陽　動發乎靜　君子以之　日
誠日篤　思無邪　不遠而復

신흠申欽(1566~1628)은

조선의 문신·학자로, 자는 경숙敬叔, 호는 상촌象村·현헌玄軒·현옹
玄翁·방옹放翁, 본관은 평산平山, 시호는 문정文貞이다. 문장에 뛰어나
조선 중기 한문 4대가의 한 사람으로 꼽힌다.

원제의 지일至日은 '동지나 하지'를 뜻하는데, 여기서는 동지를 가리킨
다. 동짓날은 음기가 왕성한 겨울에 처음으로 양陽이 하나 생기는 날이
다. 그리고 『주역』 복괘復卦에는,

"멀리 잘못 가기 전에 바른 데로 돌아오면 후회가 없고 크게 길하리
라."

하였다. 동짓날에 음기가 차츰 물러가고 양기가 돌아오기 시작하듯, 잘
못된 길을 멀리까지 가기 전에 수신修身에 힘씀으로써 불선不善을 고쳐
선善을 회복하라는 뜻이다.

잠 🌿 허균

아아, 성성옹이여!
눈은 자도 마음은 자게 하지 말지어다
눈만 자면 마음은 밝힐 수 있으나
마음까지 자면 음백陰魄이 침범한다
음백이 침범하여 양陽이 부서지면
몸이 변화해 음陰으로 되나니
그러면 귀신과 서로 어울리게 되리라
아아, 두렵도다, 성옹이여!

🌿 🦋 ☀ 睡箴

吁惺惺翁 宜睡眼勿睡心 睡眼則可以炤心 睡心則陰魄來侵 魄侵陽剝 體化爲
陰 其與鬼相尋 吁可畏惺翁

허균許筠(1569~1618)은

조선의 문신·학자로, 자는 단보端甫, 호는 교산蛟山·성소惺所·성성옹惺惺翁·백월거사白月居士, 본관은 양천陽川이다.

이 잠언은 자기의 심신을 병들게 하는, 지나치게 많은 잠을 경계해야 한다는 내용이다. 다음은 그 서문이다.

세상 사람들은 잠을 좋아하여 밤새도록 잠을 자고 낮에도 더러 잠을 잔다. 그리고 잠이 부족하면 모두 병으로 여긴다. 그래서 문안인사를 주고받을 때 먹는 것을 덧붙여, '잠은 잘 자는지, 밥은 잘 먹는지' 물어본다. 이것으로 사람이 잠을 중요하게 여기는 것을 알 수 있다.

나는 젊었을 적에 날마다 조금밖에 잠을 자지 않아도 병들지 않았는데, 근래에는 잠이 많아졌음에도 점점 더 쇠약해지기만 한다. 그 까닭을 모를 노릇이다. 곰곰이 생각해보니, 잠이란 곧 병에 이르는 길이다. 사람의 몸은 혼魂과 백魄을 두 작용으로 삼는데, 혼은 양陽이고, 백은 음陰이다. 음이 성하면 사람은 쇠약해지고 또 병이 들며, 양이 성하면 사람은 건강해지고 병이 없게 된다. 잠이 들면 양인 혼이 나가고, 음인 백이 내면에서 주도권을 쥐게 된다. 그래서 음이 이 때문에 성해져서 쇠약해지고 병들게 되는 것은 뻔한 노릇이다. 잠들지 않으면 혼이 제기능을 함으로써 백을 잘 제어하여 양을 침범하지 못하게 한다. 그러므로 잠을 너무 많이 자서는 안 되는 것이다. 경전에 이런 말이 있다.

"번뇌의 독사가 네 마음에서 잠들고 있으니, 독사가 없어져야만 편안히 잘 수 있다."

잠을 즐기는 세상 사람들은 모두 번뇌의 독사에게 곤욕을 당하는 셈이니, 어찌 두려워하지 않으랴? 이에 잠문을 지어 스스로 경계하노라.

불교 경전인 『유교경遺敎經』에 다음과 같은 글이 있다.

"번뇌의 독사가 네 마음에서 잠자고 있으니, 비유하자면 검은 뱀이 너의 방에서 자고 있는 것과 같다. 마땅히 지계持戒의 칼로 빨리 물리쳐 없애야 한다. 잠자는 뱀이 나간 뒤에야 비로소 편안히 잠잘 수 있다. 뱀이 나가지 않았음에도 잠자고 있다면, 이런 사람은 부끄러워함이 없는 사람이다."

스스로 경계하다 _ 권필

아는 사람이 없다고 말을 말라
귀신이 여기에 있느니라
듣는 사람이 없다고 말을 말라
귀가 담장에 붙어 있느니라

하루아침의 분노라도
평생 자신의 흠이 되느니라
부정한 이득은 한 올의 털이라도
평생 자신의 허물이 되느니라

다른 사람과 서로 범하면
다툼만 일어날 뿐이니라
내 마음을 화평하게 하면
저절로 아무 일 없으리라

自警箴

勿謂無知 神鬼在玆 勿謂無聞 耳屬于垣 一朝之忿 平生成釁 一毫之利 平生爲
累 與物相干 徒起爭端 平吾心地 自然無事

권필權韠(1569~1612)은

조선의 문인으로, 자는 여장汝章, 호는 석주石洲, 본관은 안동安東이다.

이 잠언은 스스로를 경계하며 지은 것이다. 먼저 입조심을 경계하였다. 우리 속담에는 "낮말은 새가 듣고 밤말은 쥐가 듣는다" 하였고, 『시경』에도 "군자는 쉽게 남의 말을 하지 말라, 담에도 귀가 붙었나니" 하였다. 둘 다 남에 대한 말을 쉽게 하여 화난禍難을 자초하는 것을 경계한 말이다.

또한 잠깐의 분노를 다스리지 못하거나, 작은 이익이라도 부정하게 탐해서는 안 된다며 경계하였다.

『중용』에서는 "군자는 홀로 있을 때에도 삼간다" 하였다. 남이 보거나 듣지 않는다 하여 몸가짐을 함부로 하지 말고, 마음을 화평하게 가질 때 아무런 탈이 일어나지 않을 것이다.

빗 — 권득기

머리카락에 때가 있으면
빗질하여 빗어낸다

몸에 허물이 있으면
예를 굳게 지켜 막아낸다

마음에 망념이 있으면
성심을 다하여 제거한다

梳銘

頭有垢 梳以攘之 身有愆 禮以防之 心有妄 敬以將之

권득기權得己(1570~1622)는

조선의 문신으로, 자는 중지重之, 호는 만회晚悔·거원자居元子, 본관은 안동安東이다.

원제의 소梳는 빗을 가리킨다. 옛날에는 여러 사정으로 요즘처럼 매일같이 머리를 감지 못하였다. 그래서 빗은 헝클어진 머리를 가다듬는 데뿐만 아니라, 머리카락에 묻은 먼지나 때를 제거하는 데도 요긴하게 사용되었다.

이 잠언에서 '빗은 머리의 때를 빗어내는 것이요, 예禮는 몸의 허물을 빗어내는 것이요, 성심(敬)은 마음의 망념을 빗어내는 것'이라 하였다. 빗은 일상으로 사용하는 물건이라 무심하게 보아 넘기면 단지 빗일 뿐이지만, 이처럼 마음으로 보면 빗에서도 중요한 삶의 가르침을 찾을 수 있게 된다. 또한 머리에 빗질을 할 때마다 예와 성심으로 몸과 마음을 닦아야 한다는 이 경계를 되새겨볼 수도 있는 것이다.

거울상자 김상헌

이미 맑고 이미 밝다면
곱든 추하든 그대로 비추어준다
그 거울을 갈고 닦아
먼지를 묻게 하지 말라

鏡匣銘

旣淸旣明 莫遁妍醜 磨之拂之 勿受塵垢

김상헌金尙憲(1570~1652)은

조선의 문신으로, 자는 숙도叔度, 호는 청음淸陰·석실산인石室山人·서간노인西磵老人, 본관은 안동安東, 시호는 문정文正이다. 병자호란 때 대표적인 척화론자의 한 사람이다.

원제의 경갑鏡匣은 '거울상자'이다. 명경지수明鏡止水라 하듯이, 예로부터 거울은 맑고 깨끗한 마음을 비유하였다. 따라서 '거울을 갈고 닦아 때를 묻히지 않겠다'는 말에는, 마음을 수련하여 거울처럼 맑고 고요한 상태로 유지하겠다는 뜻이 담겨져 있다.

마음을 바꾸지 않다 이안눌

제 뜻을 굽혀 속마음을 꾸미지 말고
선행을 하되 명예를 구하지 말라
뜻을 갈고 갈다 보면 정밀해지고
마음을 한결같이 하면 정성스러워진다
물욕에 구속되지 말고
마음을 깨끗하게 하라

不易心堂銘

毌矯情 毌要名 礪乃精 一乃誠 不爲物攖 心以淸

이안눌李安訥(1571~1637)은

조선의 문신으로, 자는 자민子敏, 호는 동악東岳·동곡東谷·동엄東广
이다. 그는 32세 때인 선조 35년(1602) 함경도 단천端川 군수로 부임한
바 있는데, 부임지 단천의 동헌에 '마음을 바꾸지 않는다'는 뜻의 '불역
심不易心' 세 글자를 현판으로 걸었다. '불역심'은 중국 동진東晉 시대
에 청렴하기로 이름난 오은지吳隱之의 시 「탐천貪泉」에서 따온 것이라고
서문에서 밝혔다. 다음은 그 서문이다.

옛날 오은지가 광주 자사로 부임하였다. 광주에는 탐천이 있었는데,
이 샘물을 떠서 마시고는 시를 지었다.

옛사람들이 이 물에 대해 말하기를	古人云此水
한 번 마시면 천금을 생각하게 한다지만	一歃懷千金
백이·숙제에게 마셔보게 하면	試使夷齊歙
끝까지 마음 변치 않으리라	終當不易心

대저 광주의 샘물은 사람이 마시면 탐욕스럽게 된다. 더구나 단천의
경우 연못에는 구슬이 나고 산에는 옥이 나며, 말 목장이 앞에 있고 은
광이 뒤에 있으니, 이곳의 수령으로 있는 자가 청렴할 수 없음은 뻔한
노릇이다. 그래서 나는 오은지의 시에서 '불역심不易心' 세 글자를 뽑
아 동헌의 편액으로 삼고, 명문을 지어 내 스스로 힘쓰고자 하노라.

예로부터 단천은 지하자원이 풍부하였다. 특히 국가에서 관리하던 은
광의 경우 조선시대 최대 규모였을 뿐만 아니라, 이곳에서 생산되는 은
은 품질도 뛰어났다. 따라서 관리들이 이권에 개입할 여지가 많았다. 택
당 이식이 지은 이안눌의 「행장」에는 이렇게 서술되어 있다.

"단천은 은의 생산지라 부유한 고을로 일컬어진다. 병란(임진왜란)이
일어난 뒤로 소요 경비가 많아져 금법禁法이 느슨해진 틈에 관리들이

탐욕을 부렸는데, 그 폐해를 백성들이 고스란히 떠맡았다. 공(이안눌)은 감독관을 가려서 임명하고 장부를 정돈하였으며, 자기 눈으로는 은을 채굴하거나 중량 재는 과정을 보지 않았다. 그리고 동헌의 편액에 '불역심' 세 글자를 쓰고 명문銘文을 게시하여 경계의 뜻을 보였다."

이러한 청렴함이 바탕이 되어, 그 뒤 그는 '청백리'로 뽑히기도 하였다. 한편 맨 처음의 두 구절은 『채근담』에 나오는 다음의 글과 맥락이 닿아 있다.

"자기 뜻을 굽혀 남의 환심을 사는 게 내 행실을 곧게 하여 남의 미움을 사는 것만 못하고, 선행을 하지 않고 남의 칭찬을 받는 게 악행을 저지르지 않고 남의 비방을 받는 것만 못하다(曲意而使人喜, 不若直躬而使人忌, 無善而致人譽, 不若無惡而致人毁)."

자기 뜻을 굽혀 남의 환심을 사려는 것이 '교정矯情'이요, 선행은 하지 않고 남의 칭찬을 받으려는 것이 '요명要名'이다.

어리석은 나 <small>안방준</small>

사람들은 나를 어리석다 하지만
나는 어리석다고 생각지 않는다
사람들이 어리석다 하는데도
나는 어리석다고 여기지 않으니
이게 바로 큰 어리석음이다

大愚菴銘

人愚我 我不愚 愚不愚 是大愚

안방준安邦俊(1573~1654)은

조선의 학자로, 자는 사언士彦, 호는 빙호氷壺 · 우산牛山 · 은봉隱峯, 본관은 죽산竹山, 시호는 문강文康이다. 임진왜란 · 병자호란 때 의병을 일으키기도 하였으며, 정몽주(포은圃隱)와 조헌(중봉重峰)을 특히 존경하여 이들의 호에서 한 글자씩 빌려 자기의 호(은봉隱峯)로 삼기도 하였다.

원제의 대우大愚는 크게 어리석다는 뜻이다. 『조선왕조실록』의 사평史評에는 그에 대해 이렇게 기술하고 있다.

"(그는) 기개와 절조가 굳세어 굽히는 바가 없었고, 여러 차례 조정에서 벼슬로 불렀으되 나아간 적이 없었다."

이런 그를 두고 사람들이 어리석다고 하였을 터이나, 안회의 어리석음이 어리석음이 아니듯, 그의 어리석음도 어리석음이 될 수 없다 하겠다.

마음 ᘔ 조익

잡념과 망상은
내 마음을 미혹하게 하는지라
무익하고 유해할 뿐이니
참으로 나의 둘도 없는 적이다

모름지기 이를 제거하여야
이 마음이 편안해지리니
도적으로 간주하여
한결같은 마음으로 막아야 하리라

막아내되 어찌해야 하는가?
굳게 견지하는 게 있으면 성실해지리라
무엇을 굳게 견지해야 하는가?
경계와 두려움을 그치지 않는 것이다

ᘔ 心箴

浮念虛妄 使心迷惑 無益有害 實我蟊賊 須要除去 此心乃安 視如寇盜 一意防
閑 閑之如何 有主則實 如何爲主 戒懼不息

🐟 조익趙翼(1579~1655)은

조선의 문신·학자로, 자는 비경飛卿, 호는 포저浦渚·존재存齋, 본관은 풍양豊壤, 시호는 문효文孝이다.

그는 문신으로 관력官歷이 화려할 뿐만 아니라 성리학자로서도 명망이 높은데, 이 잠언은 그의 학문적 바탕을 잘 대변해준다 하겠다. 그는 「심설心說」에서 이렇게 말했다.

"잡념은 일을 행하는 것과 관련도 없고, 아무런 유익함도 없는 쓸데없는 생각일 뿐이므로, 있어서는 안 되는 것이다."

이 잠언에서는 이보다 한발 더 나아가 잡념과 망상을 마음을 해치는 도적이라 규정했다. 그러면 그 도적은 어떻게 막아내는가? 마음에 굳게 견지하는 게 있으면, 마음이 안정되고 충실해져서 외부의 어떤 유혹도 들어올 수 없게 된다. 그러면 무엇을 굳게 견지해야 하는가? 잡념과 망상을 늘 경계하고 두려워하는 것이다. 경계와 두려움, 이것은 성리학에서 중요시하는 '경敬'을 유지하는 한 방편이다.

책력 ― 이식

말은 행동으로 옮기지도 못하고
뜻은 세웠으나 실천이 부족하여
나이 마흔이 거의 다 되도록
그저 불효만을 하였을 뿐이다

지금으로부터 죽을 때까지
선善으로 나를 스스로 돕는다면
신이 들어주고 받아주어서
허물과 재앙을 면하게 되리라

題曆書

言不副行 志不充操 四十將近 徒爲不孝 從今至死 言善自補 神之聽之 庶免殃
咎

이식李植(1584~1647)은

조선의 문신·학자로, 자는 여고汝固, 호는 택풍당澤風堂, 본관은 덕수德水, 시호는 문정文靖이다. 문장에 뛰어나 조선 중기 한문 4대가의 한 사람으로 꼽힌다.

이 잠언은 그의 나이 36세(1619) 때 지은 것으로, 원제의 제역서題曆書는 '역서에 쓴다'는 뜻이다. 역서曆書는 책력冊曆, 곧 한 해의 월일, 해와 달의 운행, 월식과 일식, 절기, 특별한 기상 변동 따위를 날의 순서에 따라 적어놓은 책을 말한다. 요즘의 달력과 유사하다 하겠다.

한 해의 책력을 대하며 지난 잘못을 뉘우치고 앞으로 선善을 실천하고자 하는 뜻으로 지은 것이다. 그리고 그것을 잊지 않으려 매일같이 대하는 책력에다 써두는 것이다.

스스로 경계하다 <small>조임도</small>

분노를 징계하고
사치를 경계하라
생각을 차분히 하고
말을 때에 맞게 하라
삿댄 욕심을 막고
출입을 삼가라

自警

懲忿懥 戒奢靡 靜思慮 時言語 防邪欲 簡出入

조임도趙任道(1585~1664)는

조선의 학자로, 자는 덕용德勇, 호는 간송澗松, 본관은 함안咸安이다. 그는 평생 학문에 종사하였고, 만년에는 행실로 조정에 천거되기도 하였다.

그는 19세 때 고향에 곤지재困知齋를 짓고 시냇가에 소나무 두 그루를 심은 뒤 '간송澗松'이라 자호하였다. 그리고 "유독 시냇가의 소나무를 사랑하나니, 추운 날씨에도 그 모습 변치 않네(獨愛澗邊松, 天寒不改容)" 하는 시를 지어 호의 뜻을 나타낸 바 있다. 이는 곧 소나무의 절개를 본받아 올곧은 선비로 살고자 하는 의지의 표현이다. 이 잠언 역시 이러한 선비 정신을 지키게 하는 행동강령이라 하겠다.

선으로 돌아오다   최명길

일상적인 말도 반드시 가려서 하고
일상적인 행위도 반드시 삼가야 한다
막아야 할 것은 사사로운 욕심이요
징계해야 할 것은 분노이다

남이 보지 않는 곳에 홀로 있을 때도
귀신을 대하고 있는 듯이 삼가야 한다
생각이 막 싹텄을 때에는
그 선악을 자세히 살펴야 한다

작은 지혜를 좋아하느라
곧은 본성을 손상시키지 말라
부끄러운 짓을 행하느라
밝은 천성을 더럽히지 말라

자기의 선을 남이 알아주길 바란다면
끝내는 위선에 빠지고 말 것이다
잘못을 엄폐하기에 힘쓴다면
그 잘못은 오히려 자라날 것이다

말하든 침묵하든 움직이든 그치든

도리를 따르도록 힘써라

옛 폐습을 완전히 씻어서

자기의 덕을 새롭게 하라

復箴

庸言必擇 庸行必謹 可窒匪慾 可懲匪忿 幽獨之居 如對神祇 意念之萌 精察毫
釐 毋好小慧 以傷直性 毋行可愧 以忝明命 善欲人知 卒陷自欺 過而務掩 其
過反滋 作止語默 務循天則 一洗舊習 庸新厥德

최명길崔鳴吉(1586~1647)은

조선의 문신으로, 자는 자겸子謙, 호는 지천遲川·창랑滄浪, 본관은 전
주全州, 시호는 문충文忠, 봉호는 완성부원군完城府院君이다. 병자호란
때 대표적인 주화론자이다.

이 「복잠復箴」은 모두 12장이며, 여기에는 그 가운데 제7장을 뽑았다.
원제의 복復은 '돌아오다'란 의미이며, 『주역』 복괘復卦에 근거를 두고
있다. 복괘는 '선善으로 돌아온다'는 뜻을 담고 있다. 그리고 선으로 돌
아옴이 지극해지면 망령됨이 없어지므로(无妄), 『주역』에서는 복괘 다음
에 무망괘无妄卦가 이어지며, 망령됨이 없는 상태는 하늘의 도라고 설명
하고 있다. 최명길도 「복잠후설復箴後說」에서 "복復이란 망령됨을 버리
고 선으로 돌아가는 것이다"하며, 말과 행동에 망령됨이 없고자 이 잠언
을 짓노라고 밝힌 바 있다.

삼베 이불 — 김응조

안으로 쌓인 것은 두텁고
밖으로 보이는 것은 소박하다
부귀한 집에서는 검소한 것이지만
가난한 선비의 집에서는 사치한 것이다
홀로 자더라도 이 이불에 부끄럽지 않게 한다면
저절로 생각에 사악함이 없어지리라

布被銘

中積厚而外示朴 在公孫則儉而在黔婁則奢 雖獨寢猶不媿 自然思慮之無邪

김응조金應祖(1587~1667)는

조선의 문신으로, 자는 효징孝徵, 호는 학사鶴沙·아헌啞軒, 본관은 풍산豐山이다.

원제의 포피布被는 '삼베 이불'을 뜻한다. 옛 선비들은 이불과 관련한 잠언을 적잖이 남겼는데, 홀로 잠을 잘 때 이불에게도 부끄럽지 않은 삶을 살아가고자 하는 마음에서 비롯된 것이다.

한편 의금상경衣錦尙絅이란 말이 있다. 속에 비단옷을 입고 겉에 홑옷을 입는다는 뜻으로, 덕행이 뛰어난 군자가 겸손하게 덕행을 감추는 것을 비유하는 데 쓰는 말이다. 겉으로는 소박하게 보이지만 안으로는 두텁게 쌓인 삼베 이불의 미덕도 이와 꼭 닮았다. 이불조차도 이처럼 소박하고 겸손한 미덕을 지녔거늘, 사람이 이불보다 못해서는 안 될 일이다.

침묵의 집 — 장유

온갖 묘함이 나오는 문으로
침묵 만한 것이 없다
재치로 겉을 꾸미는 자는 말하고
내면의 질박함을 간직한 자는 침묵한다
조급한 자는 말하고
침착한 자는 침묵한다
말하는 자는 피로하고
침묵하는 자는 편안하다
말하는 자는 말을 낭비하고
침묵하는 자는 말을 아낀다
말하는 자는 남과 다투고
침묵하는 자는 남과 함께 휴식한다

도는 침묵으로 응축되며
덕은 침묵으로 온축된다
정신은 침묵으로 안정되며
정기精氣는 침묵으로 축적된다
말은 침묵으로 의미심장해지며
생각은 침묵으로 터득된다
이름은 침묵으로 손상되나
실질은 침묵으로 증익된다

잠잘 때는 침묵으로 편안하고
깨어 있을 때는 침묵으로 평안하다
화는 침묵으로 멀어지며
복은 침묵으로 모여진다

말하는 자는 모두 이와 반대가 되니
그 득실을 분명히 알 수 있겠다
그러므로 침묵으로 내 거소를 명명하고
종일토록 편안히 앉아 지내노라

默所銘

衆妙門 無如默 巧者語 拙者默 躁者語 靜者默 語者勞 默者佚 語者費 默者嗇
語者爭 默者息 道以默而凝 德以默而蓄 神以默而定 氣以默而積 言以默而深
慮以默而得 名以默而損 實以默而益 寤以默而泰 寐以默而適 禍以默而遠 福
以默而集 語者悉反是 得失明可燭 故以名吾居 宴坐窮昕夕

장유張維(1587~1638)는

조선의 문신으로, 자는 지국持國, 호는 계곡谿谷·묵소默所, 본관은 덕수德水, 시호는 문충文忠, 봉호는 신풍부원군新豊府院君이다. 문장에 뛰어나 조선 중기 한문 4대가의 한 사람으로 꼽힌다.

원제의 묵소默所는 '침묵의 집'이란 뜻으로, 그는 한가로이 지낼 집을 짓고 '묵소'라 이름한 바 있다. 그의 친구 정홍명鄭弘溟이 지은 「묵소기」에 의하면 그가 '묵默'으로 집의 이름을 지은 데에는, 『논어』에서 "침묵 속에서 마음으로 깨우쳐 잊지 않으며"(「술이」), "말을 함부로 내지 않는 것은 몸으로 실천하지 못하는 게 부끄럽기 때문"(「이인」)이라 한 정신을 계승한 것이라 한다.

따라서 그의 침묵은 소극적인 것이 아니라, 자신의 향상을 위한 적극성과 성실성이 내재된 침묵이라 하겠다.

돌산 허목

1.

돌을 쌓는 사람은 산을 이루고
선을 쌓는 사람은 덕을 이룬다

2.

주먹돌이 많이 모임에
산의 기운이 쌓이고
초목이 뿌리를 내린다

石麓銘

積石者成山 積善者成德(1) 拳石之多 山氣之積 草木之植(2)

174 구방심잃어버린 마음을 찾다

허목許穆(1595~1682)은

조선의 문신 · 학자로, 자는 문보文父 · 화보和父, 호는 미수眉叟 · 대령노인臺嶺老人, 본관은 양천陽川, 시호는 문정文正이다.

원제의 석록石麓은 '돌로 이루어진 산기슭'이란 뜻이다. 돌산을 보고서 깨달은 바 있어 지은 두 편의 잠언이다. 특히 두 번째 것은 『중용』의 다음 구절과 의미가 통한다.

"저 산은 하나의 주먹돌이 많이 모인 것이나, 그것이 광대하게 되면 풀과 나무가 생장하고 새와 짐승이 살아가고 보물이 생산된다."

주먹돌 하나가 비록 하찮게 여겨질 수도 있겠으나, 그것이 수없이 쌓이고 쌓이면 큰 산을 이루게 되는 법이다. '우공이산愚公移山' 고사의 우공이 산을 옮기는 것처럼….

사람도 마찬가지이다. 하나의 선을 베풀고 하나의 덕을 쌓았다 하여, 그것이 대단히 여길 일은 물론 아니다. 그러나 하나의 선과 덕이 쌓이고 쌓이다 보면, 언젠가는 성덕군자成德君子가 될 수 있는 것이다.

스스로 경계하다 이경석

네 몸가짐을 흐트러지게 하지 말고
네 내면의 마음을 엄숙하게 하라
보는 눈이 없다고 말하지 말라
귀신이 임하여 있느니라

이런 마음가짐이 한결같지 않다면
사람이라도 금수와 다르지 않으리니
어찌 감히 잠시라도 힘쓰지 아니하랴!
눈이 이 잠언에서 떠나서는 안 되리라

自警箴

整爾之外 肅爾之內 無謂幽隱 鬼神臨在 不一其心 則人而禽 敢或有懈 常目是
箴

이경석李景奭(1595~1671)은

조선의 문신으로, 자는 상보尙輔, 호는 백헌白軒·쌍계雙溪, 본관은 전주全州, 시호는 문충文忠이다. 병자호란 이후의 난국을 적절하게 주관하였다는 평가를 받으나, 청나라의 승전을 기념하는 삼전도비의 비문을 썼다는 이유로 비판을 받기도 하였다.

이 잠언은 1650년(효종 1) 그의 나이 56세 때 지은 것이니, 환갑을 바라보는 나이임에도 자기반성에 소홀하지 않았던 면모를 살펴볼 수 있다. 이렇듯 옛 선비들은 나이가 많고 적음에 관계없이, 자신을 돌아보며 경계하는 글을 써서 곁에다 두고, 아침저녁으로 늘 읽어보며 몸과 마음을 가다듬었다. 부끄럼 없고 후회 없는 삶을 살기 위해서….

스스로 경계하다 _ 김휴

잘못을 고쳐 선으로 옮겨가고
구습을 바꾸어 스스로 새롭게 하라
이 말을 실천하지 않는다면
네 스스로 네 자신을 버린 것이다

自警箴

改過遷善 革舊自新 不踐斯語 汝棄汝身

김휴金烋(1597~1638)는

조선의 학자로, 자는 자미子美 · 겸가謙可, 호는 경와敬窩, 본관은 의성義城이다. 수백 종의 도서를 분류하고 정리한 『해동문헌총록海東文獻總錄』을 저술하여, 우리나라 서지학書誌學의 기초를 마련하였다.

이 잠언은 자기반성을 통해 선을 실천하고자 하는 선비 정신을 담고 있는 글로, 다음과 같은 공자의 말과 뜻이 통한다.

"허물을 고치지 않는 것이 더 큰 허물이다."(『논어』 「위령공」)

"허물을 알았으면 고치기를 꺼리지 말라."(『논어』 「학이」)

한편 오스트리아 출신의 학자 칼 포퍼는, "사회도 역사도 잘못의 발견으로 진보한다" 하였는데, 사람 역시 마찬가지일 것이다.

베개 　 송시열

네게 기대어 꿈꾸고 싶은 이는
복희씨와 주공일 뿐이네
비록 말세에 살고 있지만
태고시대로 가서 노닐고 싶네

枕銘

憑而夢者 惟羲與周 生雖叔季 鴻漠之遊

송시열宋時烈(1607~1689)은

조선의 문신·학자로, 자는 영보英甫, 호는 우암尤庵·화양동주華陽洞主·남간노수南澗老叟, 본관은 은진恩津, 시호는 문정文正이다.

원제의 침枕은 '베개'이다. 복희씨伏羲氏와 주공周公은 모두 고대의 성인聖人들이다. 태고시대는 말세와 대립되는 개념으로, 여기서는 복희씨와 주공이 다스리던 태평성대를 가리킨다.

공자는 젊은 시절, 주나라를 건국하고 예악제도를 마련했던 주공 같은 인물이 되기를 꿈꾸었다. 그 결과 꿈에서 주공이 종종 나타나곤 하였다. 그런데 언제부터인가 주공이 꿈에 보이지 않았다 한다. 공자는 그 이유를 어느새 공자 자신이 늙어 그 꿈을 자기도 모르는 새에 포기해버린 것이라 스스로 진단하였다.

미래는 무엇을 꿈꾸는가에 달려 있다고 한다. 물론 꿈꾸는 대로 다 이루어지는 것은 아니지만, 꿈이 없는 사람보다는 삶이 희망적이고 행복하리라.

근심과 즐거움 _᭶_ 이유태

아직 터득하지 못했으면 근심하며
이미 터득하였으면 즐거워한다
근심함이 있기 때문에
즐거워함이 있게 되는 것이다

_᭶_ 道山憂樂齋銘

未得而憂 旣得則樂 惟其憂 是以樂

이유태李惟泰(1607~1684)는

조선의 문신·학자로, 자는 태지泰之, 호는 초려草廬, 본관은 경주慶州, 시호는 문헌文憲이다.

원제에서 도산道山은 지명이다. 그리고 이 잠언의 원주原註에, "우락재는 동춘당同春堂 송준길宋浚吉의 별장이다" 하였다. 송준길이 이후원李厚源에게 보낸 편지에 의하면, 그의 나이 46세(1651) 되던 해에 낡은 집을 새로 고쳐 '우락재憂樂齋'라 이름했는데, 그것은 "근심 속에 즐거움이 있고, 즐거움 속에 근심이 있다(憂中有樂, 樂中有憂)"고 한 주자朱子의 말에서 따온 것이라 하였다.

한편 공자도 학문적 근심과 즐거움에 대해 다음과 같이 언급한 바 있는데, 이 잠언은 공자의 이 말과 맥락이 닿아 있다.

"도道를 아직 터득하지 못했으면 분발하여 식사마저 잊었고, 터득했으면 흔연히 기뻐하고 즐거워하여 그간의 근심을 잊었다."(『논어』「술이」)

진리를 터득하지 못했을 때는 진리를 터득하기 위해 분발하여 먹는 것도 잊고, 진리를 터득하고 나면 즐거워서 근심을 잊는다는 말이다. 이 말속에는 학문을 매우 독실하게 좋아한다는 뜻이 담겨 있다.

만취 🎋 윤선거

친척간의 정담을 나누는 자리이고
친구간의 즐거운 모임 자리라면
만취하여도 괜찮다고 말하지만
이는 크게 잘못된 생각이다

🖌️🐟 濡首箴

親戚情話 故舊歡會 曰無傷者 是大錯也

윤선거尹宣擧(1610~1669)는

조선의 문신 · 학자로, 자는 길보吉甫, 호는 미촌美村 · 노서魯西 · 산천재山泉齋, 본관은 파평坡平, 시호는 문경文敬이다.

원제의 유수濡首는 술을 만취하도록 마셔 본성을 잃고 광태를 부린다는 뜻으로, 『주역』의 미제괘未濟卦에서 유래한 말이다.

"술을 마심에 믿음이 있으면 허물이 없거니와, 머리를(首) 적시듯(濡) 지나치면 믿음이 있더라도 옳음을 잃을 것이다."

오랜만에 만난 친지들과 오순도순 정담을 나누는 자리일지라도 술은 흥을 돋우는 정도에서 그쳐야지, 과음을 하게 되면 꼭 뒤탈이 따르게 마련이다. 이를 경계한 잠언이다.

며느리의 벼루 이건

사치할 생각을 끊어버리고
검약할 마음을 품어라
나의 이 말을 늘 돌아본다면
아녀자의 덕에 어긋남이 없으리라

題子婦盧氏硯家上銘

意絕侈奢 心存儉約 顧諟余言 婦德罔忒

이건李健(1614~1662)은

조선의 문인으로, 자는 자강子强, 호는 규창葵窓 · 명모당命慕堂, 본관은 전주全州, 시호는 충효忠孝, 봉호는 해원군海原君이다. 선조의 일곱째 아들 인성군仁城君 이공李珙의 아들이다. 아버지가 유효립柳孝立의 역모에 왕으로 추대되어, 아버지는 자결하고 그도 유배되었으나 뒷날 관작을 회복하였다.

이 잠언은 옛 글에서는 보기 드물게 시아버지가 며느리에게 준 글이다. 맏며느리 노씨盧氏의 벼루집에 검약할 것을 당부하며 써준 것이다.

경계의 말 윤휴

네가 편치 못하는 건
하늘이 환히 살피기 때문이요
네가 이미 스스로 후회한 건
귀신이 곁에 늘어섰기 때문이니
두려운 건 하늘이 아니랴!
깊고 심오한 게 귀신이로다

내가 옛사람을 생각해보니
공경으로 서로 경계하였으니
두려워하고 조심함이
어찌 하루 이틀뿐이었으랴!
그럼에도 밤낮 생각이 여기에 있었나니
아마도 나는 그것을 잃었나 보다

戒辭

爾所不寧 天命昭察 爾旣自悔 鬼神旁列 可畏非天 不測惟神 我思古人 相誡以
欽 皇皇翼翼 一日二日 尙夙夜在玆 其或子失之

윤휴尹鑴(1617~1680)는

　조선의 문신·학자로, 초명은 정鎭, 자는 희중希仲, 호는 백호白湖·하헌夏軒, 본관은 남원南原이다.

　사람이라면 누구나 행실이 부끄럽지 않도록 경계하여야 한다. 옛 성현들은 보는 눈이 없는 곳에 홀로 있을 때도 도리에 어긋나지 않도록 삼가고 삼갔으며, 종신토록 밤낮을 가리지 않고 그런 삶을 사는 데 뜻을 두었다. 이처럼 스스로를 속이지 않는 무자기毋自欺의 삶을 실천한, 옛 성현들의 뜻을 혹시라도 자기가 실추시키는 건 아닌지 스스로 반성해보는 잠언이다.

시선 _﹏_ 홍여하

눈으로는 모름지기 제 몸을 살펴야
정신이 제 집을 지키고 있을 것이다
시선을 아득하고 요원한 곳에 두지 않아야
미세한 것까지도 밝게 볼 것이다

탐욕으로 사물을 보게 되면
자기의 정기를 상실하게 된다
군자는 늘 삼가고 성실한지라
조짐에서 미리 보느니라

_﹏_ 視箴

目須在體 神乃守宅 無遠厥視 無微不燭 貪看錯應 喪厥元精 君子洞洞 視於無
形

홍여하洪汝河(1620~1674)는

조선의 문신으로, 자는 백원百源·응도應圖, 호는 산택재山澤齋·목재木齋·대박산인大朴山人, 본관은 부계缶溪이다.

"예에 어긋나는 것은 보지 말며, 예에 어긋나는 것은 듣지 말며, 예에 어긋나는 것은 말하지 말며, 예에 어긋나는 것은 행하지 말라(非禮勿視, 非禮勿聽, 非禮勿言, 非禮勿動)."(『논어』「안연」)

공자의 말이다. 보고 듣고 말하고 움직이는 것은 겉으로 드러나는 행동이다. 그렇지만 행동만 조심하는 데 그쳐서는 안 되고, 궁극적으로는 마음을 수양하는 데로 이어져야 한다. 공자의 이 말은 마음이란 형상이 없어서 쉽게 잡아 지킬 수 없는지라, 겉의 행동을 바르게 함으로써 내면의 마음까지도 바르게 하라는 가르침이라고 학자들은 설명한다. 이후 옛 선비들은 '보고, 듣고, 말하고, 행동하는' 것을 경계한 잠언을 숱하게 남겼는데, 이 잠언은 그 가운데 '보는 것'을 경계한 것이다.

마음을 잡다 _ 이현일

마음은
지극히 비어 있고 지극히 신령하다
우리 몸의 주재자이며
모든 변화가 이 마음으로부터 생겨난다

그런데 조금이라도 주의하지 않으면
이 마음은 밖으로 치달려
연못으로 빠져버리기도 하고
하늘로 날아오르기도 하니
도무지 그 방향을 가늠할 수 없다

몸의 욕구에 부림당하고
바깥 사물에 마음을 빼앗기면
선한 본성을 모두 잃게 되어
금수와 다를 바가 없게 된다

마음을 잡아두려면 어찌해야 하나?
마음을 집중하여 잃지 말아야 하리라
어찌하면 극진하게 마음을 집중하나?
전심하여 흩어짐이 없게 해야 하리라

操心箴

心之爲物 至虛至靈 主宰一身 萬化從生 纔失照管 奔崩馳騖 淵淪天飛 莫知收
底 爲衆形役 爲外物侵 義理都喪 惟獸與禽 操之如何 敬而毋失 曷致其工 主
一無適

이현일李玄逸(1627~1704)은

조선의 문신 · 학자로, 자는 익승翼昇, 호는 갈암葛庵, 본관은 재령載
寧, 시호는 문경文敬이다. 퇴계 이황의 학풍을 계승한 대표적인 학자
로 손꼽힌다.

원제의 조심操心은 '마음을 잡아둔다' 는 뜻으로, 마음을 놓아버리는 방
심放心과 상대되는 말이다. 흩어져 잃어버린 마음을 되찾아 붙잡아두지
않고서는, 내면의 수양도 바깥의 사업도 모두 이루지 못할 것이다. 그래
서 옛 선비들은 이 마음을 잡아두는 '조심' 공부에 온 힘을 쏟았다. 다음
은 『맹자』에 나오는 말이다.

"잡으면 보존되고 놓으면 없어져서, 나가고 들어오는 데 일정한 때가
없으며, 그 방향을 알 수 없는 것은, 오직 사람의 마음을 두고 말한 것
이다."(「고자 상」)

"인仁은 사람의 본래 선한 마음이요, 의義는 사람이 마땅히 가야 할
길이다. 그 길을 버리고 가지 않으며, 그 마음을 잃고 찾을 줄 모르니,
애처롭구나! 사람은 제가 기르던 닭과 개를 잃어버리면 찾을 줄 알면서
도, 마음을 잃어버리고서는 찾을 줄 모른다. 학문한다는 것은 다른 게
없다. 바로 그 잃어버린 마음을 되찾는 것일 뿐이다."(「고자 상」)

스스로 경계하다 — 민정중

사람이 천지간에 태어나서
만물의 으뜸이 되었는데
그 본성은 모두가 선하지만
그 기질은 서로가 같지 않다

마음은 본래 위태위태하나니
성실치 않으면 밝아지지 않는다
성실한 데에는 방법이 있으니
마음을 전념한 뒤 성실할 수 있다

동작은 법도에 어긋나게 하지 말고
도리 아닌 것은 보지도 듣지도 말라
생각이 늘 여기에 있어야 하리니
앞사람의 경계를 가슴속에 새길지어다

서 있을 때는 손 모양을 단정하게 하고
앉아 있을 때는 무릎을 단정하게 하라
날마다 새롭게 하고 또 새롭게 할지니
스스로 쉬지 않고 부지런히 힘쓸지어다

침묵 속에서 도리를 사색할 것이니

말을 적게 하는 것이 가장 묘책이니라
선을 알았으면 용감하게 행할 것이요
덕을 행함에 작은 덕도 소홀히 말라
삿댄 욕심이 물러나서 제거되면
어질고 선한 마음이 저절로 드러나는데
이는 삼가 정성을 다해서이니
여기에 마음을 오로지 할지어다

山 魚 自警銘

人生天地 首立萬物 性賦均善 淸濁異質 心兮本危 非誠不明 誠之有道 敬而後
能 動作以度 視聽以禮 念玆在玆 服前人誡 立必拱手 坐必斂膝 日新又新 自
彊不息 沈嘿思道 少言最妙 見善則勇 爲德罔小 邪欲退鬪 義理自著 寔謂誠敬
潛心於此

🐟🐟 민정중閔鼎重(1628~1692)은

조선의 문신으로, 자는 대수大受, 호는 노봉老峯, 본관은 여흥驪興, 시호는 문충文忠이다.

어느 날 「숙흥야매잠夙興夜寐箴」을 읽다가 깨달은 바 있어 학문에 힘쓰기로 작정하였고, 그 뜻을 이 잠언에 기록하여 벽에 걸어두고 스스로 경계한다고 서문에서 밝혔다. 다음은 그 서문이다.

나는 소싯적에 학식이 없었고, 관례를 함에 미쳐서도 어린아이 같은 마음을 지니고 있었다. 위로는 어버이의 자애로움을 믿고 『소학』이니 『대학』이니 하는 책이 있는지도 몰랐다. 그러다가 갑신년(1644) 10월 남원으로 가는 도중에 진백의 「숙흥야매잠」을 얻어보고는 마음으로 매우 좋아하여 손에서 놓지 않고 읽었다.

또 하루는 여관에서 묵고 있는데, 밤에 잠이 오질 않아 나이를 헤아려보았더니, 무릇 손가락을 두 번 구부렸다가 다시 두 개를 펴야(17세) 했다. 한 해가 또 저물어 새해가 다가오고 있는지라, 마침내 두려움을 깨닫고 비로소 학문에 뜻을 두게 되었다. 남원부에 도착한 며칠 뒤 이 명문銘文 하나를 지어서 벽에다 걸어두고 스스로를 경계하노라.

「숙흥야매잠」은 송나라 때의 학자 진백陳柏이 지은 것으로, 아침 일찍 일어나 몸과 마음을 가다듬어 밤늦도록 맑은 정신을 유지하고 학문과 수양에 힘쓸 것을 다짐하는 글이다. 다음은 진백의 「숙흥야매잠」이다.

닭이 울어 잠을 깨면 여러 가지 생각이 점차 치달리며 일어나니, 어찌 그 사이에서 담박하게 마음을 정돈하지 않겠는가? 지난 잘못을 반성하기도 하고, 새로 얻은 실마리를 풀어내기도 하면서, 차근차근 순서대로 조리에 맞추어, 명료하게 깨우쳐라. 이렇게 근본 자세를 세운 다음, 동이 트면 곧장 자리에서 일어나, 세수하고 의관을 갖추고서 단정히 앉아 외모를 단속하라. 그리고 이 마음을 돌아보고 점검하며, 떠오르는 태양처럼 밝게 하여, 엄숙하게 바로잡아 가지런히 하고, 텅 비고 밝게 한결같이 고요히 하라.

이에 비로소 책을 펼쳐 옛 성현을 대하나니, 공자께서 앉아 계시고, 안자와 증자가 앞뒤로 서 있도다. 성현의 말씀을 간절한 마음과 공경하는 태도로 듣고, 제자들과 묻고 토론한 것을 반복해서 참고하고 연구하라.

일을 당해 응대할 때는 그때마다 증험할 것이며, 밝은 천명이 찬란히 빛나도록 늘 여기에 눈을 두어야 하리라. 일을 응대한 다음에는, 예전의 나로 돌아가 마음을 담담하게 유지하면서 정신을 집중하고 잡념을 버려라.

움직임과 고요함이 반복되는 속에서도 오직 마음만은 돌아볼지니, 고요히 있을 때는 마음을 보존하고 움직일 때는 마음을 잘 살펴서, 마음이 두 갈래 세 갈래로 나뉘어서는 안 될 것이다. 독서하는 여가에 이따금 한가로이 노닐며, 정신을 발산하여 펴기도 하고, 성정을 쉬게 하며 길러야 할 것이다.

날이 저물면 사람도 피곤해서 혼미한 기운이 올라타기 쉽나니, 몸과 마음을 엄숙하고 장중하게 하여, 밝고 깨끗하게 가다듬어라.

밤이 깊어 잠자리에 들 때는 손과 발을 가지런히 모으고, 다른 생각을 일으키지 말고, 마음과 정신까지도 돌아와 쉬게 하라. 그리하여 야기夜氣로 길러나가면, 정貞이 원元에 돌아오리니, 언제나 이것을 생각하고 염두에 두어, 밤낮으로 부지런히 힘쓸지어다.

치미주 윤증

무정한 것은 사물이요
유정한 것은 사람이라
사물은 바뀌지 않으나
사람은 쉽사리 변한다
빗자루여! 빗자루여!
네가 온 지 며칠이나 되었더냐?
그럼에도 사람이 이미 변했구나
아아!

雉尾箒

無情者物 有意者人 物則無改 人則易遷 箒乎箒乎 爾來幾日 而人已變乎 噫

윤증尹拯(1629~1714)은

  조선의 학자로, 자는 인경仁卿·자인子仁, 호는 명재明齋·유봉酉峯, 본관은 파평坡平, 시호는 문성文成이다.

  원제의 치미추雉尾箒는 꿩의 꼬리깃을 모아 만든 빗자루이다. 이 잠언은 1713년 그의 나이 85세 때, 유상기俞相基가 보내온 빗자루를 보고 느낀 바 있어 지은 것이다. 유상기는 윤증의 제자이기도 하고, 윤증은 또한 유상기의 조부인 유계俞棨의 제자이기도 하다. 그런데 이해에 이 두 사람 사이에는 『가례원류家禮源流』의 저자 문제로 치열한 언쟁이 오가기도 했다. 즉 윤증은 유계와 그의 부친 윤선거가 공동으로 집필한 것이라 주장하였고, 유상기는 윤선거의 도움을 일부 받았으나 실상은 자기 조부 유계의 단독 저술이라는 주장을 하였다. 이 일은 노론과 소론의 분쟁으로 확대되기도 한 유명한 사건이다. 끝에서 '사람이 이미 변하였다' 함은 이 사건을 말하는 것이다.

거문고 _송규렴

음란하지도 않고 우아하지도 않고
예스럽지도 않고 현대적이지도 않아
사람들은 모두 귀를 막지만
내 마음은 저절로 기뻐지노라

琴銘

不淫不雅 非古非今 人皆掩耳 我自怡心

송규렴宋奎濂(1630~1709)은

  조선의 문신·학자로, 자는 도원道源, 호는 제월당霽月堂, 본관은 은진恩津, 시호는 문희文僖이다. 학문에 뛰어나 송시열·송준길과 함께 '삼송三宋'이라 불렸다.

  그의 거문고는 우아하거나 예스럽지도 않고, 그렇다고 자극적이거나 현대적이지도 않다. 그저 소박할 뿐이어서 사람들은 모두 그 소리를 듣고 싶어하지 않는다. 그러나 그는 이 거문고가 마냥 좋기만 하다. 줄 없는 거문고의 흥치를 즐겼다는 도연명陶淵明의 그 마음과 같다 하겠다.

입춘 — 이숭일

세월이 흘러 새해가 또 왔는데
밤에 잠 못 들고 어버이를 생각하네
두려운 마음 일어 문득 내 자신을 돌아보니
욕심을 이기지 못해 어버이를 욕되게 했구나

부끄러움과 두려움으로 앉아서 새벽을 기다리며
돌아보니 처음에는 성인과 범인이 똑같았네
성인이 행한 바를 행하면 성인이 되리니
누군들 어질지 않으리오!
그럴 조짐은 바로 나에게 있거늘
어찌하여 오래도록 뒷걸음질만 쳤던가!

맹세컨대 지금 이후로는
이 글을 띠에 적어 몸에서 떼지 않으리라

立春日自警箴

日月逝兮歲又新 夜無寐兮懷二人 心內惕兮忽反身 褻天明兮忝爾親 愧懼并兮
坐待晨 顧厥初兮聖凡均 爲則是兮孰無仁 幾在我兮胡久逡 矢自今兮書諸紳

이숭일李嵩逸(1631~1698)은

조선의 학자로, 자는 응중應中, 호는 항재恒齋, 본관은 재령載寧이다. 갈암 이현일의 동생이다.

입춘은 정월초하루(설날)를 전후한 무렵에 해당한다. 그의 나이 53세 되던 해(1683)에 입춘을 맞이하여, 지난 잘못을 반성하며 이 잠언을 지었다.

'노력하면 성인도 될 수 있다'고 한 안회의 말(박익의 「뜻을 세우다(立志箴)」 참조)을 되새기며, 성인의 도를 실천하고자 노력하겠다는 의지를 피력하였다.

검 박세채

아아, 검이여!
그 검기는 하늘을 찌를 수도 있고
그 순수함은 햇빛을 반사시킬 수도 있으나
위로는 부개자를 위해 누란을 찌를 수도 없고
아래로는 주운과 함께 안창후를 벨 수도 없네
아아, 검이여!
그 덕이 쇠하였지만
너를 가지고 내면에서 싹트는 내 욕심을 베겠노라

⚓ 釖銘

吁嗟劍兮 氣可以衝斗精 誠可以回日光 然猶上不能爲傅介子而刺樓蘭 下不能
與朱游甫而斬安昌 吁嗟劍兮 德之衰 庶幾以斷吾慾之內萌

박세채朴世采(1631~1695)는

조선의 문신·학자로, 자는 화숙和叔, 호는 현석玄石·남계南溪, 본관은 반남潘南, 시호는 문순文純이다.

집안에 대대로 전해 내려오는 검에 새긴 잠언이다. 다음은 그 서문이다.

> 우리 집에는 특별한 물건은 없고, 다만 검이 한 자루 있을 뿐인데, 선대로부터 머리맡에 걸려 있었고, 누차 옮겨 다니면서도 잃어버리지 아니하였다. 근래에 검공劍工에게 부탁하여 새로 단장하고, 이 잠언을 새겨서 걸어두노라.

부개자傅介子는 한나라 때 사람이고, 누란樓蘭은 서역西域의 나라 이름이다. 한나라 무제가 대완국大宛國과 교통하려 했으나 누란이 가로막고 있었는데, 뒷날 소제 때 부개자를 보내어 누란 왕을 검으로 베어 죽였다 한다.

주운朱雲은 한나라 성제 때 사람이다. 당시 안창후安昌侯 장우張禹가 성제의 총애를 믿고 아첨을 일삼고 있었다. 이에 주운이 성제에게, "저에게 상방참마검尚方斬馬劍을 빌려주신다면 간신 한 명의 목을 베겠습니다" 하였다. 성제가 그 간신이 누구냐고 묻자, 주운은 장우라고 답하였다. 성제는 자기가 신임하는 신하를 간신이라 한 것에 화가 치밀어, 당장 주운을 끌어내라고 하였다. 곁에 있던 사람들이 주운을 끌어내려 했으나, 주운은 난간을 붙들고서 장우의 목을 베어야 한다고 외쳤다. 그러다가 그만 난간이 부러지고 말았다. 그 뒤 난간을 수리하려 하자, 성제는 그대로 두고 간언하는 신하의 징표로 삼겠다고 하였다. 이 고사를 '절함折檻'이라 한다.

이처럼 검은 불의를 제거하는 것이 그 본분이지만, 그것이 힘들다면 자기의 욕심을 잘라버리는 데 사용해도 좋으리라.

증손자의 게으름 ⭣ 윤추

너는 지혜도 있고
재주도 그런 대로 괜찮건만
타고난 성품이
게으르기 짝이 없구나
만약에 이 허물을 고치지 않는다면
결국 어떤 사람이 되겠느냐?

네 나이 지금 열셋
분발하지 않으면 안 되리라
내가 너에게 가감 없이 말했나니
너는 소홀히 여기지 말지어다

⚒ 🐟 示光蘊箴

汝有術智 才不甚劣 惟其賦性 懶惰無匹 若不改過 終作何物 年今十三 迄可奮
發 我不汝欺 汝其無忽

윤추尹推(1632~1707)는

조선의 문신으로, 자는 자서子恕, 호는 농은農隱 · 농와農窩 · 농와聾窩 · 청송재靑松齋, 본관은 파평坡平이다. 윤선거의 아들이다.

이 잠언은 원제가 「시삼아잠示三兒箴」으로, 손자 · 증손 · 외증손에게 준 세 편의 잠언이다. 그 가운데 증손자 광온光蘊에게 보여주는 잠언을 뽑았으며, 이 잠언을 지은 의도를 이렇게 말하고 있다.

광온은 지혜도 있고 문재文才도 괜찮지만, 그 품성이 너무 나태하여 학업에 힘쓰려는 뜻이 없다. 그래서 학문이 보잘것없으니 장래에 무슨 성취가 있을 수 있겠는가?

재주만 믿고 나태하여 학업에 힘쓰지 않는 증손자를 타이르는 할아버지의 마음을 읽을 수 있다.

발걸음을 멈추다 — 김석주

지趾 자는 멈춘다는 뜻인데
이 글자로 내 서재를 이름하노라

사람의 온갖 신체 가운데
발은 가장 아래에 있으나
사람은 겸손함으로 자신을 수양하니
비록 낮다 한들 무슨 상관이 있으리오!

발걸음을 멈출 곳에 멈추며
절뚝절뚝 도리에 어긋나게 하지 말라
후회하고 부끄럽게 될 뿐이니
그런 걸음은 참으로 두려운 것
도의에 맞지 않는 것은
한 번이라도 범하면 용서받기 어렵도다

전원은 고요하고
온갖 꽃과 수목으로 아름답다
평생 걷는 것 가운데
전야를 걷는 게 가장 즐겁도다
멈출 데 멈추어 시의적절하다면
그 즐거움은 더욱더 깊어지리라

구방심 잃어버린 마음을 찾다

육서六書를 상고해보니

글자 됨됨이가 또한 전아하며

지족止足의 교훈은

더더욱 취할 만한 것이라

식옹息翁이 이 글을 지어서

자기 서재에 걸어두노라

趾齋銘

趾者止也 吾以名舍 百體之中 惟足最下 謙謙自牧 雖卑亦可 貴息厥踵 毋蹈其
跋 惟悔惟吝 其動可怕 非禮非義 一跌難赦 丘園靜閴 花竹秀冶 生平履屣 樂
在行野 趾之時義 蓋亦遠且 考于六書 爲字亦雅 止足之訓 尤所取者 息翁作詩
銘以自詫

김석주金錫胄(1634~1684)는

조선의 문신으로, 자는 사백斯百, 호는 식암息庵·식옹息翁·절재節齋·지재趾齋, 본관은 청풍清風, 시호는 문충文忠, 봉호는 청성부원군清城府院君이다.

원제의 지趾 자는 원래 '발'을 뜻하는 글자로, 발을 뜻하던 止(발 지)가 '그치다'는 의미로 변하자, 여기에 足(발 족) 자를 붙여 만든 것이다. 足과 止는 원래는 '발'을 뜻하는 글자였으나, 뒤에 足은 '만족하다', 止는 '그치다'란 의미가 파생되었다. 그래서 趾 자를 파자하여 풀어보면 '만족하면 그쳐라'는 뜻이 된다. 그것은 또 "만족함을(足) 알면 욕되지 않고, 그칠(止) 줄 알면 위태롭지 않다"(『노자』)는 '지족止足의 교훈'과도 의미가 통한다. 만족하고 멈출 곳에서 멈추는 것은 옛 선비들이 화禍를 멀리하는 처세술의 하나였다.

그의 나이 51세 되던 해(1684) 봄에 이 잠언을 지었는데, 이해 9월 그는 갑자기 세상을 떠났다. 그러나 그의 자성이 너무 늦었던지, 당쟁에 깊이 관여하다가 사후에는 기사환국으로 그는 관작이 추탈되고, 아들은 자살하고, 부인은 유배되는 곤욕을 치러야 했다.

구방심 잃어버린 마음을 찾다

곧음의 방 — 이기홍

마음이 곧으면 행실도 따라서 곧아지고
행실이 곧으면 일처리도 따라서 곧아진다
행실이 행실답지 않으면 행실이 곧지 않으며
일처리가 일처리답지 않으면 일처리가 곧지 않다

이 '直 (곧을 직) 자는 한 글자의 부적이니
사람이라면 곧음에 힘써야 할 것이다
곧음은 내가 선생님에게 가르침을 받아
영원토록 간직하고자 하는 것이지만
혹시라도 잊을까 두려워 내 서재의 이름으로 삼노라

直齋銘

心也直行以直 行也直事以直 行不行行不直 事不事事不直 斯直也一字符 人
於直勉矣夫 謁有受而永懷 懼或墜名吾齋

이기홍李箕洪(1641~1708)은

조선의 문신으로, 초명은 기주箕疇, 자는 여구汝九, 호는 직재直齋, 본관은 전주全州이다.

송시열의 문인으로, 숙종 15년(1689) 송시열이 제주로 유배되자, 그를 변호하는 상소를 올렸다가 회령會寧에 유배되었으며, 이듬해 유배지에서 서재를 지어 '직재直齋'라 이름하고 자호로 삼았다. 바로 이 서재에 쓴 잠언이다. 다음은 그 서문이다.

내가 정묘년(1687) 겨울 노선생(송시열)을 흥농興農의 서실로 찾아가 배알하였다. 하루는 선생이 나를 부르시며 자상하게 타이르셨다.

"주자가 임종할 때 문인들을 불러서 교훈하기를, '천지가 만물을 내는 것과 성인이 만사에 대응하는 것은 곧음(直)으로 할 뿐이다' 하였으니, 이 말은 『논어』에 '사람이 살아가는 도리는 곧음(直)에 있으니, 이것을 무시하고 살아가면 요행히 죽음을 면한 것일 뿐이다'(「옹야」) 한 것과 함께 참고해볼 만하다. 너는 그것에 힘써야 할 것이다."

나는 공경히 듣고서 비망록에 적어두었다. 지금 환난을 당하고 보니 이 가르침이 더욱 절실하다는 것을 깨달아, 내 거처의 이름을 '직재'라 하고 이를 위해 명문銘文을 짓노라.

네 가지 덕목 최석정

엄숙하면 사람을 희롱하지 않으며
온화하면 사람과 싸우지 않는다
부지런하면 학업이 닦여지며
삼가면 바른 행실이 이루어진다

이 네 가지 덕목이 가장 중요하니
정성으로 한결같이 실천해야 하리라

書齋銘

莊則不戱狎 和則不鬪爭 勤則業可修 謹則行可成 四德爲最要 行之一於誠

최석정崔錫鼎(1646~1715)은

조선의 문신으로, 초명은 석만錫萬, 자는 여화汝和, 호는 존와存窩 · 존소자存所子 · 명곡明谷, 본관은 전주全州, 시호는 문정文貞이다. 지천 최명길의 손자이다.

이 잠언에서 엄숙함(莊) · 온화함(和) · 부지런함(勤) · 삼감(謹)의 네 가지 덕목을 사람이 살아가는 데 가장 중요한 지향점이라 했다. 그리고 이 덕목으로 행실을 닦되 정성을 다해 한결같이(誠一) 해야 한다고 했다. 이처럼 옛 선비들은 인생의 지향점을 정하는 것도 중요시했지만, 정성을 다해 한결같은 마음으로 그것을 이루기 위해 노력하는 성일誠一에도 역점을 두었다.

좌우명 김간

충忠과 신信과 독篤과 경敬

근勤과 근謹과 화和와 완緩

이 두 구절 여덟 글자를

하나하나 그 의미를 깨쳐서

실천하면 한없이 좋은 일이 있을 것이요

실천하지 않으면 한없이 나쁜 일이 있으리라

날마다 힘쓰고 힘쓰면 이 덕을 체득하게 되리니

영원히 가슴에 새겨서 잊지 않으리라

座右銘

忠信篤敬 勤謹和緩 兩句八字 一一體認 循而上之 有無限好意 循而下之 有無限不好事 日勉勉而有得 永服膺而勿墜

215

김간金榦(1646~1732)은

조선의 문신·학자로, 자는 직경直卿, 호는 후재厚齋, 본관은 청풍淸風, 시호는 문경文敬이다.

공자는 사람이 사람답게 행세하기 위해서는 '진정성(忠)·미더움(信)·돈독함(篤)·공경함(敬)'을 갖추어야 한다고 했다.

"말에 진정성과 미더움이 있고 행실에 돈독함과 공경함이 있으면 비록 이민족의 나라에서도 행세할 수 있으나, 말에 진정성과 미더움이 없고 행실에 돈독함과 공경함이 없으면 자기가 사는 마을에서도 행세할 수 없을 것이다."(『논어』「위령공」)

그리고 송나라 때의 이약곡李若谷이란 사람은 새로 과거에 급제한 사람들에게 이렇게 말했다 한다.

"나는 관직을 맡은 이래로 항상 네 글자를 지켰나니, 근勤(부지런함)과 근謹(삼감)과 화和(온화함)와 완緩(느림)이다."(『송명신언행록』)

여기서 완緩이란 일처리를 대충대충 느리게 한다는 의미가 아니라, 여유 있고 자세히 살펴서 한다는 뜻이다.

노년의 배움 _{정호}

사광師曠이 말했다
"유년기에 배우는 것은
해가 막 떠오르는 것과 같고
장년기에 배우는 것은
해가 중천에 떠 있는 것과 같으며
노년기에 배우는 것은
밤에 촛불을 밝힌 것과 같다"
유년기에 배우고 장년기에 배운다면
이보다 더 나을 게 없겠으나
노년기에 배운다 하여
너무 늦었다고 말하지 말라

촛불로 밤을 밝히더라도
어둠이 밝아지지 않을 리 없고
촛불로 밝히기를 그치지 않으면
낮에까지 이어질 수 있으리라
햇빛과 촛불이 다르기는 하지만
그 밝음은 같다
그 밝음은 같지만
배움의 참맛은 나이 들수록 더욱 깊어진다
그래서 위나라 무공은

나이 아흔에 시를 지어서
늙을수록 더욱 배움에 힘썼으니
그는 나의 스승이로다

老學箴

師曠有言 幼而學之 如日初昇 壯而學之 如日中天 老而學之 如夜秉燭 幼壯之
學 無以尙已 旣老且學 毋日晚矣 以燭照夜 無暗不明 燭之不已 可以繼暘 暘
燭雖殊 其明則均 其明則均 其味愈眞 所以衛武 九十作詩 老而采篤 其惟我師

정호鄭澔(1648~1736)는

조선의 문신으로, 자는 중순仲淳, 호는 장암丈巖, 본관은 연일延日, 시호는 문경文敬이다.

이 잠언은 그의 나이 63세 되던 해(1710)에 지은 것으로, 노년에 접어들어서도 배움의 자세를 굳게 지키겠다는 의지를 담은 글이다.

사광師曠은 춘추시대 진晉나라의 음악가이다. 진나라 평공平公이 그에게,

"내 나이 일흔일곱이니 이제 배우기에 너무 늦은 것 같소."

하였더니, 배움을 해와 촛불에 비유한 말을 해주었다고 한다.

위나라 무공에 대해서는 이색의 「스스로 경계하다(自儆箴)」에서 언급한 바 있다.

책상 <small>신몽삼</small>

책상을 만들고 꾸미지는 않아서
매우 소박하고 질박하다
조용하고 움직이지 않으니
그 중후함을 짝할 만하다

질박하고 어눌하니 어질다 하겠고
굳세어 무거운 것도 잘 견뎌내니
내 오래도록 이 책상을 공경하여
마주하면 두 손을 마주 모은다

책상 앞에 앉아서는 옛 일을 상고하니
바로 성현들이 남기신 경전들이다
책상에 기대어 뵙기를 꿈꾸는 이는
주공과 복희씨 같은 옛 성현들이다

아아, 책상은 책을 싣고서
사람과의 교제를 참으로 잘하는지라
배우기를 좋아하는 자가 아끼어서
아침부터 저녁까지 떠나지 않는다

書案銘

案而不隤 大樸未散 靜而不動 厚重可伴 木訥近仁 强毅任重 久而敬之 對之卽
拱 坐而稽古 賢傳聖經 憑而夢見 周公羲皇 嗟爾載籍 善與人交 好學者愛 不
離曛朝

신몽삼辛夢參(1648~1711)은

　조선의 학자로, 자는 성삼省三, 호는 일암一庵, 본관은 영산靈山이다.
그는 학행으로 여러 차례 천거를 받았으나 벼슬길에 나아가지 않고, 평
생 포의로 살며 학문에 종사하였다.

　평생을 책과 함께한 선비였으니 그에게 책상은 분신과도 같은 것이었
으리라. 그래서 이 잠언을 지어 책상의 미덕을 예찬하고, 책상에 대한 남
다른 애정을 나타냈다. 그리고 독서에 대한 열정과 갈망도 함께 표현하
였다.

둥근 부채 ~ 최규서

생김새는 밝은 달과 같고
사용하면 맑은 바람 일어난다
이 부채를 손에 쥘 권한은
주인옹에게만 있을 따름이다

團扇銘

體則明月 用則淸風 掌握之權 惟主人翁

최규서崔奎瑞(1650~1735)는

조선의 문신으로, 자는 문숙文叔, 호는 간재艮齋·소릉少陵·파릉巴陵·잠와蠶窩, 본관은 해주海州, 시호는 충정忠貞이다.

원제의 단선團扇은 '둥근 부채'란 뜻이다. 여기서는 부채를 맑고 밝은 마음에 빗대었다. 부채를 잡고 부치면 맑고 시원한 바람이 일어난다. 그처럼 사람도 맑은 마음을 잡아 보존하면 그 언행이 맑은 바람과 같을 것이다.

밥그릇 — 김창협

의에 맞지 않는데도 먹는다면
이는 도적에 가까운 것이다
일하지 않으면서 배불리 먹는다면
이는 해충에 불과할 따름이다
끼니때마다 이를 반드시 경계한다면
부끄러운 낯빛이 없으리라

飯盂銘

非義而食 則近盜賊 不事而飽 是爲螟蟊 每飯必戒 無有愧色

김창협金昌協(1651~1708)은

조선의 문신·학자로, 자는 중화仲和, 호는 농암農巖·동음거사洞陰居士·한벽주인寒碧主人·삼주三洲, 본관은 안동安東, 시호는 문간文簡이다. 문장에 뛰어나 구한말 창강滄江 김택영金澤榮에 의해 우리나라 10대 문장가의 한 사람으로 선정된 바 있다.

그의 나이 49세 되던 해(1699)에 광주의 도요陶窯에 주문하여 밥그릇·술통·세숫대야·등잔·필통·연적을 제작하고 명문銘文을 지었는데, 그의 문집에 「잡기명雜器銘」이란 제목으로 실려 있다. 이 가운데 반우飯盂, 곧 밥그릇에 대한 잠언이다.

의롭지 못한 밥은 먹지도 말고, 일하지 않고서는 먹지도 말라 했다. 하는 일 없이 의롭지 못한 밥을 먹고 사느니, 차라리 의로움을 지키며 굶어 죽더라도, 부끄러운 삶을 살지 않겠노라는 단호한 선비 정신이 담겨 있다.

나무와 불 — 김창흡

무릇 사람들이 알기로는
쇠는 굳세고 나무는 유약하다
그렇지만 나무 가운데도
굳센 나무와 유약한 나무가 있으니
소나무는 우뚝 솟아 우러러볼 수 있고
버드나무는 유약하여 꺾을 수 있다
원유여! 원유여!
소나무가 되려느냐? 버드나무가 되려느냐?

사람이 쉽게 보는 것으로
불만큼 환히 보이는 게 없다
많이 밝은 것은 태양이요
조금 밝은 것은 촛불이다
또한 젖은 섶나무도 있나니
불어도 불꽃이 일지 않는다
원유여! 원유여!
연울煙鬱하지 말지어다

木火箴

凡人所知 金剛木柔 於木之中 別爲剛柔 松竦可仰 柳弱可折 元猷元猷 松耶柳
耶 人之易觀 顯莫如火 大明則日 小明則燭 亦有濕薪 噓不上炎 元猷元猷 毋
使烟鬱

김창흡金昌翕(1653~1722)은

　조선의 학자로, 자는 자익子益, 호는 삼연三淵·낙송자洛誦子, 본관은
안동安東, 시호는 문강文康이다. 김창협의 동생으로, 시문에 뛰어났다.
　이 잠언은 그의 문인 정언환鄭彦煥(자는 원유元猷)에게 써준 글이다.
마지막 구절의 연울烟鬱은 '연기가 불길을 막는다(煙鬱火)'는 뜻이다. 모
닥불을 피울 때 젖은 나무를 불 속에 넣으면, 연기만 자욱하고 불길은 약
해진다. 이것이 곧 '연울'이며, 다음의 글에 근거를 두고 있다.

　　"사람이 타고난 기질에는 반드시 감정(情)과 본성(性)이 있다. 본성이
　감응하는 게 감정이요, 감정이 안주하는 게 욕심이다. 감정이 본성에서
　나오지만 감정이 본성에 어긋나고, 욕심이 감정에서 비롯되나 욕심이
　감정을 해친다. 감정이 본성을 해치고 본성이 감정을 꺼리는 것은, 비
　유하자면 연기와 불, 얼음과 물의 관계와 같다. 연기는 불에서 생겨나
　지만 연기가 불길을 막고, 얼음이 물에서 생겨나지만 얼음이 물길을 막
　는다. 따라서 연기가 잦아들면 불길이 커지고, 얼음이 녹으면 물길이
　트인다. 이처럼 본성이 곧으면 감정이 사라지고, 감정이 커지면 본성이
　사라진다."(『운급칠첨雲笈七籤』)

　당나라 때의 학자 이고李翶의 『복성서復性書』에도 비슷한 비유가 나

온다.

"물이 흐리면 그 흐름이 깨끗하지 못하고, 불이 연기에 덮이면 그 빛이 밝을 수 없으니, 그것은 물이 맑고 불이 밝은 데 잘못이 있는 게 아니다. 모래가 흐리게 하지 않으면 물은 맑을 것이고, 연기가 덮이지 않으면 빛은 밝을 것이다. 따라서 감정이 일어나지 않으면 본성이 확충될 것이다."

이 잠언에서 '연울하지 말라' 함은 감정에 얽매어 타고난 본성을 해치지 말라는 뜻이다. 감정이 본성을 해치면 '울화鬱火' 하게 되고, 그것이 심해져 병이 되면 '울화병'이 된다.

붓 _이형상_

네 끝은 너무 예리하고
네 움직임은 너무 조급하니
비록 그 중심이 올곧더라도
늙어서는 어찌 다 닳지 않으랴!

筆銘

而鋒太銳 而動太躁 雖其心秉直 老安得不耗

이형상李衡祥(1653~1733)은

조선의 문신으로, 자는 중옥仲玉, 호는 병와瓶窩·순옹順翁, 본관은 전
주全州이다.

그의 문집에 「사우명四友銘」이란 제목으로, 벼루·먹·붓·종이의 문
방사우에 대한 명문銘文이 실려 있는데, 그 가운데 붓에 대한 잠언이다.

붓끝이 예리하고 그 움직임이 빠르다 할지라도, 오래 사용하다 보면 털
이 빠지고 붓끝은 닳게 마련이다. 이것을 경계로 삼아 사람 역시 너무 날
카롭고 너무 성급해서는 안 됨을 비유적으로 표현한 것이다.

옛 거울 홍세태

흙 속에서 부식되어
깨끗함을 잃었지만
천으로 갈고 닦으니
다시 원래의 밝은 거울이 되었네

먹구름을 뚫고서
밝은 해가 나온 듯
만물을 비추어주네

본래의 모습을 간직하고 있었기에
끝내는 바른 모습을 회복하였으니
어찌 이를 본받지 않으랴!
이 마음도 거울과 다를 바 없네

古鏡銘

土莓之蝕 閟厥精 施錫之摩 復乃明 猶劃重雲 而出白日 以燭萬物 惟其有本性
卒歸于正 曷不則乎 此心如鏡

홍세태洪世泰(1653~1725)는

조선의 문인으로, 자는 도장道長, 호는 창랑滄浪·유하거사柳下居士, 본관은 남양南陽이다. 중인 출신이나 일찍부터 시재詩才가 뛰어나 사대부 문인들과도 활발한 교류를 가졌다.

어떤 사람이 땅을 파다가 발견한 옛 거울을 보고서, 그 깨달은 바를 서술한 잠언이다. 다음은 그 서문이다.

죽산竹山의 한 촌사람이 옛날 왜군과 전쟁을 치렀던 천미천千尾川에서 우연히 땅을 파다가 거울 하나를 얻었는데, 세월이 오래되고 모래흙에 깎이고 부식되어 겨우 그 형상만 변별할 수 있었다. 그것을 가지고 돌아와 담장 밑에 던져두었는데, 이덕용李德用이 거기에서 그것을 얻어서 갈고 닦아 내놓으니 눈처럼 희고 환했으며 신비한 광채로 사람을 비추었다. 덕용이 매우 기이하게 여겨 나에게 와서 명문을 청하였다.

이 거울은 오랜 세월 흙 속에 파묻혀 있었음에도 본모습을 잃지 않고 있다가 다시 제 모습을 찾았다. 그처럼 사람의 마음 또한 어려운 상황에 처하게 되더라도 선한 본성을 유지하고 있으면, 언젠가는 다시 빛을 보게 되리라는 잠언이다.

책상 박태보

일은 차근차근 하나씩 하고
마음은 집중해야 할 것이니
서둘면 삼가지 않게 되고
마음이 어지러우면 혼미해진다

항상 마음을 잡고 있을 것이며
늘 제 자신을 살펴보라
이를 한결같이 실천한다면
도리에 어긋나지 않으리라

案銘

事無兼 志無分 急則惰 亂則昏 常操心 時省身 無間斷 道自純

박태보朴泰輔(1654∼1689)는

조선의 문신으로, 자는 사원士元, 호는 정재定齋, 본관은 반남潘南, 시호는 문열文烈이다. 박세당朴世堂의 아들이다. 1689년 기사환국 때 인현왕후의 폐위를 막기 위한 상소를 지어 올렸으며, 그로 인해 심한 고문을 받고 유배길에 올랐다가 그 후유증으로 36세의 젊은 나이에 요절하였다.

이 잠언은 그의 나이 23세 때 그의 책상에 새긴 글이다. 일은 차근차근 처리하고, 마음은 흐트러지지 않도록 집중하며, 늘 자기를 반성하여 도리에 어긋나지 않는 삶을 살겠노라는 뜻을 담았다.

좌우명 <small>권두경</small>

너의 도량을 넓혀라
너의 정성을 한결같게 하라
너의 행실을 단정히 하라
너의 몸을 바르게 하라
너의 선을 확충하라
너의 게으름을 경계하라

욕심은 막을 생각을 하라
병은 다스릴 생각을 하라
분노는 제재할 생각을 하라
의심은 해결할 생각을 하라
말은 신중히 할 생각을 하라
용모는 공손히 할 생각을 하라

외면의 몸가짐을 삼가고
내면의 마음을 안정시켜라
너의 화려함을 거두어들여
실질적인 능력을 쌓아라
독실하게 행하고 한결같이 행하여
유종의 미를 거두어라

座右銘

弘爾量 一爾衷 端爾操 勅爾躬 擴爾善 儆爾惰 慾思窒 病思攻 忿思難 疑思通
言思訒 貌思恭 制乎外 安厥中 斂爾華 積實功 篤而恒 圖有終

권두경權斗經(1654~1725)은

조선의 학자로, 자는 천장天章, 호는 창설재蒼雪齋, 본관은 안동安東
이다.

이 잠언은 구용九容과 구사九思를 본뜬 것이다. '구용'이란 몸가짐을
바르게 하는 아홉 가지 규범이며, 『예기』「옥조」에 나온다. '구사'는 마
음가짐을 바르게 하는 아홉 가지 생각이며, 『논어』「계씨」에 나온다. 이
잠언 역시 몸가짐에 관한 여섯 가지 경계와 마음가짐에 관한 여섯 가지
경계를 담고 있으니, 육용六容·육사六思라 하겠다. 다음은 구용과 구사
이다.

발 모양은 중후하게 하고	足容重
손 모양은 공손하게 하고	手容恭
눈 모양은 단정하게 하고	目容端
입 모양은 차분하게 하고	口容止
목소리는 조용하게 하고	聲容靜
머리 모양은 곧게 하고	頭容直
숨소리는 엄숙하게 하고	氣容肅
서 있는 태도는 덕스럽게 하고	立容德
낯빛은 장엄하게 하라	色容莊

볼 때는 밝게 볼 생각을 하고   視思明
들을 때는 밝게 들을 생각을 하고   聽思聰
낯빛은 온화하게 할 생각을 하고   色思溫
외모는 공손히 할 생각을 하고   貌思恭
말은 진정성 있게 할 생각을 하고   言思忠
일은 공경스럽게 할 생각을 하고   事思敬
의심은 물어볼 생각을 하고   疑思問
분노는 제재할 생각을 하고   忿思難
이득을 보면 의롭게 할 생각을 하라   見得思義

나 __ 이재

조선에 기인畸人이 있으니 바닷가에서 태어났으며
성은 이, 이름은 재, 자는 유재이다
뜻은 있으나 재주도 없고 시운時運도 없으니
깊은 산골짝에서 살아가는 게 참으로 마땅하나
내 마음 밝게 하고 앞사람의 아름다움 좇으면서
내 즐거움을 즐기나니 거기에 또 무엇을 바라리오!

自銘

鮮有畸人生海隈 姓李名栽字幼材 有志無才又無時 枯藳嵌巖固其宜 光余佩兮
趾前休 樂吾樂兮又奚求

이재李栽(1657~1730)는

조선의 학자로, 자는 유재幼材, 호는 밀암密菴·금수병수錦水病叟, 본
관은 재령載寧이다. 갈암 이현일의 아들로, 경북 영양에서 태어났다.

이 잠언은 자기의 평생을 되돌아보고 스스로를 평가한 글이다. 그가
쓴 「밀암자서」에 의하면, "한나라 때의 학자 조기趙岐가 56세 때 지은
「자명」을 보고서, 그 나이가 되었으므로 그것을 본받아 지은 것"이라 하
였다.

스스로를 두고 기인畸人이라 하였다. 이 말은 『장자』에 나오는데, '인
간세상에는 맞지 않으나 하늘과는 짝하는(畸於人而侔於天)' 방외方外의
인물을 가리킨다. 일찌감치 과거를 단념하고 학문에만 종사하여 타고난
천성을 보존하기 위해 힘썼던, 그 자신에 대한 적확한 평가를 담은 단어
라 하겠다.

지팡이 조태채

한결같은 절개로
평탄한 길이든 험난한 길이든 꼿꼿하므로
그것을 본받아 군자가 지팡이로 삼나니
잠시라도 떼어놓지 않으리라

藤杖銘

一節直夷險 以之君子杖 斯須不離

조태채趙泰采(1660~1722)는

조선의 문신으로, 자는 유량幼亮, 호는 우파牛坡 · 이우당二憂堂, 본관은 양주楊州, 시호는 충익忠翼이다.

원제의 등장藤杖은 '등나무 지팡이'란 뜻이다. 도암 이재李縡가 지은 그의 신도비에 의하면, 경종 1년(1721)에 사은사로 연경에 갔다가 돌아올 때 이 지팡이를 가져왔는데, 여기에 이 글을 새겼다 한다. 험난한 길에서든 평탄한 길에서든 한결같이 사람을 부축하는 지팡이의 미덕을 예찬하고, 그것을 본받고자 하는 뜻에서 지은 잠언이다.

벼루 _ 이만부

바탕이 견고하여
갈아도 닳지 않는다
아름다움을 머금고 있어
이를 이용하여 글을 이룬다

硯銘

質固 故磨不磷 含華 故用成文

이만부李萬敷(1664~1732)는

조선의 학자로, 자는 중서仲舒, 호는 식산息山, 본관은 연안延安이다. 「거실십명居室十銘」이란 제목으로 거실에 있는 열 가지 기물에 대해 지은 잠언의 하나이며, 서문에서 이렇게 말하고 있다.

옛사람들이 그릇과 지팡이에 명문을 새겨 경계한 바 있으니, 몸과 마음을 함양하기 위해서였다. 나는 인적 드문 곳에 외따로 있어서 스승과 벗의 도움이 없는지라, 이 글을 지어 일상으로 쓰는 물건에 써두고 스스로를 경계한다.

먹을 아무리 갈아도 닳지 않으며, 아름다운 문장을 지을 수 있게 해주는 벼루를 예찬한 잠언이다.

평상 ～～ 채팽윤

찌는 듯 더울 때 육신을 내맡기면
내 몸에 그지없이 편안하다
소박하기 이를 데 없어서
내 뜻에도 흡족하기 그지없다

무더울 때는 요를 깔고서 자고
서늘할 때는 내 책을 정리해둔다
각각의 경우에 적절하게 활용되니
버릴래야 버릴 수가 없도다

사람에 비유해보자면
이것저것에 재주가 통달한 사람이다
누가 이 침상을 사용하는가?
산중의 은사가 소중히 아낀다

山 ★ 床銘

蒸燠之捐 余身之適兮 素樸之全 余志之愜兮 炎受余褥 凉挿余軸兮 各有攸宜
不可以釋兮 譬之於人 通才優優兮 孰能用之 無委巖幽兮

채팽윤蔡彭胤(1669~1731)은

조선의 문신으로, 자는 중기仲耆, 호는 희암希菴 · 은와恩窩, 본관은 평강平康이다.

원제의 상床은 '평상'이다. 아무런 꾸밈이 없는 소박한 평상이지만, 더울 때는 그 위에서 잠을 자기도 하고, 날씨가 추워지면 그 위에다 책을 올려놓고 정리를 하기도 한다. 이렇게 평상 하나를 가지고 이 일 저 일에 사용해보니 용도마다 꼭 알맞다. 사람으로 치면 큰 일이든 작은 일이든 여기저기에 재주가 능통한 통재通才와 같다. 그러니 소중하고 애착이 가지 않겠는가!

활시위 ✦ 최창대

아침에 그 행실을 뉘우쳤건만
저녁에 다시 그 잘못을 범한다
어찌 자주 되풀이하는 게 옳으랴!
그래서 활시위를 차고 다니노라

✦ 佩弦箴

朝悔其行 暮而復然 曷貞頻復 惟日佩弦

최창대崔昌大(1669~1720)는

조선의 문신으로, 자는 효백孝伯, 호는 곤륜昆侖 · 창괴蒼槐, 본관은 전주全州이다.

자주 반복되는 잘못을 고치고자 활시위를 차고 다닌다 했다. 원제의 패현佩弦은 '활시위를 찬다'는 뜻으로, 상진의 「스스로 경계하다(自警銘)」에서 살펴보았던 동안우의 고사에서 비롯된 것이며, 팽팽한 활시위처럼 긴장을 늦추지 않고 주의한다는 의미로 활용된다.

그리고 『주역』 복괘復卦에서 "자주 되돌아오니 위태로우나 허물은 없으리라" 하였는데, 이 말은 바른길에서 이탈했다가 복귀하는 일을 반복하는 잘못을 말한다. 비록 허물이 없다 했으나, 잘못했다가 고치고 또 잘못했다가 고치는 일이 반복되다 보면 위태롭게 되는지라 좋은 일은 못 된다. 한번 잘못을 저질렀다가 후회하고 고쳤으면, 다시는 그런 잘못을 범하지 말아야 할 것이다. 물론 처음부터 잘못이 없다면 그것은 더 좋은 일이겠다.

술 마시는 세 도구 — 어유봉

호리병

네 배가 가득 참이여!
내 입에는 재앙이로다
네 배가 비어 있음이여!
내 입에는 슬픔이로다
차지도 비지도 않음이여!
이를 일러 '덕으로 절제하여
예에 어긋나지 않게 하는 것' 이라 한다

술동이

나무로 만들자니 누추하고
금으로 만들자니 사치스럽다
지금 나는 오지그릇으로 만드나니
거의 중용의 도에 가깝도다
비록 그러하나
중용을 얻기는 어렵고
사치하게 되기는 쉬운 법
어찌 예의 시초에 마음을 두는 것만 하랴!

술잔

술잔 들 때 웃지 말며

마실 때에 두려워하면
신이 복을 내려주어서
끝내 화평하게 되리라

⚖️ 飮具三銘

爾腹之盈兮 我口之灾 爾腹之虛兮 我口之哀 惟其不盈不虛兮 是謂德之將而
禮之裁(壺銘) 以木陋矣乎 以金侈矣乎 今我用甆 庶幾中矣乎 雖然 得中難 入
奢易 曷若游心於汚抔之初(樽銘) 擧也莫笑 吸之若驚 神之福之 終和且平(盃
銘)

🐟🐟 어유봉魚有鳳(1672~1744)은

조선의 문신으로, 자는 순서舜瑞, 호는 기원杞園, 본관은 함종咸從이다.

원제의 음구飲具는 '술 마시는 도구'이다. 술을 마실 때 사용하는 세 가지 도구, 호리병(壺)과 술동이(樽)와 술잔(盃)에 쓴 잠언으로, 그의 사위 이보천李輔天에게 주어 술을 경계시킨 글이다.

두 번째 '술동이'에 대한 잠언에 나오는 '예의 시초'는 원문이 와부지초汚抔之初인데, 이 말은 『예기』에 나온다.

"대저 예의 시초는 먹고 마시는 데서 비롯하였다. 옛날에는 기장쌀을 굽고 돼지고기를 익혔으며, 땅을 파서 그 웅덩이를 물동이로 삼고(汚尊) 손으로 움켜 물을 떠 마셨으며(抔飲), 흙덩이로 북채를 만들고, 흙을 뭉쳐서 북을 삼았다. 그렇게 했음에도 오히려 귀신에게 공경하는 마음을 바칠 수 있었다."(「예운」)

상고시대에는 도구가 발달하지 않아 소박하고 간소한 물건을 썼지만, 공경을 다하는 예禮의 정신을 잃지 않았다는 말이다.

음식 — 김춘택

사람은 음식을 먹되
부득이하여 먹는 것이니
배고픔과 목마름이 없다면
적당한 데서 그쳐야 한다

하늘의 복록을 삼가 받으려면
욕심을 따라서는 아니 되니
온갖 질병이 생겨나는 것도
마음껏 욕심을 부려서이다

節飲食銘

人於飲食 盖不得已 苟無飢渴 適可而止 恭受天祿 罔徇人欲 百疾之生 亦由厭足

김춘택金春澤(1670~1717)은

조선의 문신으로, 자는 백우伯雨, 호는 북헌北軒, 본관은 광산光山, 시호는 충문忠文이다. 김만기金萬基의 손자이다.

그의 재종조부 김만증金萬增이 76세에 자기 처소 이름을 칠계와七戒窩라 하고, 그에게 짓게 한 잠언이다. 원제는 「칠계와명七戒窩銘」이며, 칠계란 '일곱 가지 경계'란 뜻이다. 곧 '출입을 드물게 함, 음식을 절제함, 말을 삼감, 기쁨과 분노의 감정을 줄임, 욕구를 담박하게 함, 생각을 줄임, 정신을 소모하지 말고 아낌'의 일곱 가지이다. 그 가운데 '음식을 절제하는 것'에 대한 잠언이다.

음식은 허기와 갈증을 면하는 정도에서 그쳐야지, 식탐을 하여 과식하면 탈이 나게 마련이다. 그리고 과식의 근본 원인은 마음의 욕구에서 생기는 것이므로, 무엇보다도 마음을 조절하고 다스려야 한다. 굶주림으로 고통받는 사람보다 배부름으로 고통받는 사람이 더 많은 요즘의 식생활 습관에 더욱 경계가 되는 잠언이다.

마음을 집중하다 — 신익황

책에 익숙하지 않더라도
마음을 집중하면 익숙해질 수 있다
마음을 보존하지 못하고 있더라도
마음을 집중하면 보존할 수 있다
아아, 마음을 집중하는 것은
참으로 배움의 근본이로다

산해진미가 앞에 차려져 있어도
한 입에 다 먹을 수는 없는 법
한 입에 고기 한 점씩
배부르도록 먹어야 내 것이 되리라

이제 내 나이는 마흔
오늘에야 지난 잘못을 깨달았으니
지금부터 다시 시작하여
반드시 마음을 집중하리라

主一箴

書不熟 主一可熟 心不存 主一可存 噫 惟主一 學之根 八珍在前 不可幷吞一口 一口一臠 飽乃吾有 行年四十 知非今日 從今更始 必主一

신익황申益愰(1672~1722)은

조선의 학자로, 자는 명중明仲, 호는 극재克齋, 본관은 평산平山이다.

원제의 주일主一은 곧 주일무적主一無適이니, '마음을 한 가지 일에 집중하여 바깥 사물에 흔들리지 않게 한다'는 뜻이다. 그리고 이것은 성리학에서 중요시하는 수양법인 경敬의 기본적인 개념이다.

그는 여러 차례 천거를 받은 바 있으나 벼슬길에는 나아가지 않고, 평생을 학문에만 전념하였다. 그럼에도 여전히 공부의 핵심인 '독서讀書'와, 마음을 보존하는 '존심存心'에 주일하지 못했다고 반성하고 있다. 그것은 성실한 사람만이 할 수 있는 일이다. 다음은 그 서문이다.

신묘년辛卯年(1711) 3월 24일 서재에서 문득 생각해보니, 내가 배움에 뜻을 둔 이래로 '독서讀書'와 '존심存心'에 서두르기만 했을 뿐, 실제로는 제대로 독서하고 존심한 적이 없었다. 아아, 올해 내 나이 마흔, 만약 지금이라도 고쳐서 내 자신을 새롭게 하지 못한다면, 여기서 그치고 말뿐이리라. 이것이 바로 이 글을 지은 까닭이다.

술병 🐟 홍태유

마시지 않는 술과
줄 없는 거문고를
천년토록 뉘와 더불어 즐기랴!
나는 도연명과 뜻이 맞노라

난간에서 달과 꽃을 바라보며
애오라지 읊조리다가
내 뜻에 맞으면 그만이니
거문고 타고 술 마셔야만 제맛이랴!

🐟 壺銘

不飮之酒 無絃之琴 千載誰與 我契陶潛 花月之軒 聊以嘯吟 適意卽止 奚彈奚
斟

홍태유洪泰猷(1672~1715)는

조선의 문인으로, 자는 백형伯亨, 호는 내재耐齋, 본관은 남양南陽이다.

마시지도 않는 술과 줄 없는 거문고를 마주하는 자신을 도연명陶淵明의 흥치에 견주었다. 도연명에게는 거문고 한 벌이 있었으니, 아무런 장식도 없이 소박한 소금素琴이었다. 다른 것이라곤 줄이 없다는 것이었으니, 이른바 무현금無絃琴이다. 도연명이 이 무현금을 어루만지며 말했다.

"거문고의 흥치만 느끼면 그만이지, 굳이 줄을 퉁겨 소리 낼 필요가 있으랴."(『진서晉書』, 「도잠전陶潛傳」)

거문고의 줄은 손으로만 퉁길 수 있는 게 아니고, 거문고의 소리는 귀로만 들을 수 있는 게 아니다. 마음으로도 얼마든지 연주하고 들을 수 있다. 그럴 때 오히려 더 깊은 공명을 일으킬 수 있다. 도연명의 무현금은 그 가능성을 열어주고 있다.

도연명의 무현금과 비슷한 사례를 현대음악에서도 찾아볼 수 있다. 미국의 음악가 존 케이지가 작곡한 「4분 33초」가 그것이다. 이 곡은 전체 3악장으로 구성되어 있으며, 악장마다 'TACET(휴지休止)'이라고 쓰여져 있다. 1952년 피아니스트 데이빗 튜더에 의해 초연되었는데, 그는 피아노 앞에 앉아 피아노 뚜껑을 열고 정확히 4분 33초 동안 앉아 있다가, 뚜껑을 덮고는 자리에서 일어났다. 피아노 건반은 전혀 두드리지 않은 채… 이 곡은 당시 음악계에 커다란 반향을 불러일으킨 바 있다.

도연명의 무현금이든 존 케이지의 「4분 33초」든, 그 소리를 귀로는 들을 수 없다. 오직 마음으로만 들을 수 있다. 거문고가 없더라도, 피아노가 없더라도, 마음을 가다듬고 한번 들어보라. 그러면 들릴 것이다. 그 현의 울림이…

바라지창 _:_ 권구

마음을 보존하고 일을 통제하여
마땅하게 하는 것을 '의' 라고 하니
이 바른 길을 좇아서
호연지기를 기르리라

義牖銘

存心制事 合宜曰義 遵此正路 以養浩氣

권구權榘(1672~1749)는

　조선의 학자로, 자는 방숙方叔, 호는 병곡屛谷, 본관은 안동安東이다.

　원제의 유牖는 '바라지창', 곧 벽의 위쪽에 낸 작은 창을 말한다. 이런 바라지창을 '의유義牖'라 했으니, 빛이 들어오는 바라지창에 부끄럽지 않도록 마음과 행실에 의로움을 지키고자 하는 뜻을 담았다.

　그는 이 잠언 외에도 「인창명仁牕銘」, 「예호명禮戶銘」, 「지벽명智壁銘」을 지어 창문과 출입문과 벽에 '인仁'과 '예禮'와 '지智'의 의미를 부여한 바 있으니, 바깥을 드나들 때든 방 안에 있을 때든 늘 인 · 의 · 예 · 지의 정신을 지켜가고자 한 것이다.

좌우명 — 조태억

제 몸을 다스릴 때는 근엄해야 하고
다른 사람을 대할 때는 겸손해야 하고
이득을 보면 청렴함을 생각해야 하고
벼슬에서는 마음의 평정을 잃지 말아야 한다

座隅銘

律身當嚴 待人宜謙 得必思廉 進無忘恬

조태억趙泰億(1675~1728)은

조선의 문신으로, 자는 대년大年, 호는 겸재謙齋, 본관은 양주楊州, 시
호는 문충文忠이다.

원제의 좌우명座隅銘은 '자리 한 모퉁이에 새긴 글'이란 뜻으로, 자리
곁에 적어두는 좌우명座右銘과 같은 의미이다. 근엄(嚴), 겸손(謙), 청렴
(廉), 마음의 평정(恬), 이 네 가지를 자리 옆에 적어두고 몸과 마음을 다
스리고자 지은 잠언이다.

응집  이재

도道가 비록 크다지만
덕이 아니면 어찌 응집되랴!
마음이 흩어지지 않으면
정신이 응집되리라
너는 경敬에 힘쓸지어다
경에 힘을 쏟는다면
도와 정신은 나날이 응집되리라

凝箴

道雖大 非德曷凝 志不分 厥神乃凝 勖爾敬 敬則日凝

이재李縡(1680~1746)는

조선의 문신·학자로, 자는 희경熙卿, 호는 도암陶菴·한천寒泉, 본관은 우봉牛峯, 시호는 문정文正이다. 노론의 낙론洛論을 대표하는 학자로, 많은 문인을 배출하고 많은 저술을 남겼다.

원제의 응凝은 '한데 모이다' '굳어지다'의 뜻으로, 도와 정신을 한 군데로 집중시키고 확고하게 하는 것에 관한 잠언이다. 이 잠언의 주석에 '대심大心을 위해 짓는다' 하였는데, 대심은 그의 사촌동생인 이유李維를 가리킨다.

세상의 이치가 담긴 도道가 아무리 크다 해도, 내 몸에 실질적으로 얻은 것(德)이 아니라면 내 몸에 응집되지 않을 것이며, 마음을 흩어지게 한다면 정신이 한 군데로 응집되지 않을 것이다. 도를 내 몸에 얻어서 덕을 쌓고 마음을 오로지하여 정신을 응집하려면 어떻게 해야 하나? 그 방법이 경敬에 있다고 했다. 성리학에서는 학문 수양의 방법으로 '경'을 중요시하고 있으며, '경'에 이르기 위해서는 마음을 한 가지에 집중하는 '주일主一'을 해야 한다고 하였다. 이 잠언에서 말하는 '응凝'이란 '주일'과 같은 의미이다.

사귐의 도 _정래교

바른 사람과 교제하면 보탬이 있게 되고
편벽된 사람을 벗하면 손상을 보게 마련
어물전에 오래 있으면 비린내가 몸에 배고
난실에 오래 있으면 난향이 몸에 밴다

인간사의 길흉과 화복은
반드시 내 스스로 초래하는 것
내 마음이 도리에 밝으면
취사선택이 바르게 되리라

交際箴

交端則益 友辟必敗 鮑肆蘭室 久將與化 吉凶禍福 動必由我 心明乎道 則決取
舍

정래교鄭來僑(1681~1759)는

조선의 문인으로, 자는 윤경潤卿, 호는 완암浣巖 · 현와玄窩, 본관은
창녕昌寧이다. 중인 출신으로 시에 뛰어나 당시 사대부들의 추앙을 받
았다.

바람직한 사귐의 도에 관해 『공자가어』에서는 이렇게 말하고 있다.

"착한 사람과 함께 있으면 마치 지초나 난초(芝蘭) 향기가 그윽한 방
에 들어간 것과 같아, 오래되면 그 향내를 못 맡을지라도 곧 그를 좇아
변화하게 된다. 불선한 사람과 함께 있으면 마치 절인 생선(鮑魚) 가게
에 들어간 것과 같아, 오래되면 그 비린내를 못 맡을지라도 또한 그를
좇아 변화하게 된다."

친구 사이의 맑고 고귀한 사귐을 뜻하는 한자성어 '지란지교芝蘭之交'
는 여기서 비롯되었다. 이 잠언에서는 지란지교든 포어지교鮑魚之交든
오직 나에게 달린 것이니, 먼저 내 마음을 닦아 도리에 어긋나지 않도록
해야 한다 하였다.

여섯 가지 후회 ~~~ 이익

행동을 제때 하지 않으면 늦었을 때 후회한다

이익을 보고 의를 잊으면 깨달았을 때 후회한다

사람 등뒤에서 욕을 하면 대면했을 때 후회한다

일을 처음에 못 살피면 실패했을 때 후회한다

분노로 제 처지를 잊으면 곤란에 처했을 때 후회한다

농사에 부지런히 힘쓰지 않으면 수확할 때 후회한다

六悔銘

行不及時後時悔 見利忘義覺時悔 背人論短面時悔 事不始審債時悔 因憤忘身
難時悔 農不務勤穡時悔

이익李瀷(1681~1763)은

조선의 학자로, 자는 자신子新, 호는 성호星湖, 본관은 여주驪州이다. 그는 투철한 주체의식과 비판정신을 소유한 학자로서, 당시의 사회제도를 실증적으로 분석하고 비판한 『성호사설星湖僿說』을 저술한 바 있다.

원제의 육회六悔는 여섯 가지 후회할 일을 뜻하며, 후회할 일이 생기기 전에 미리 조심할 것을 경계한 잠언이다. 송나라 때의 학자 구준寇準이 지은 「육회명六悔銘」이 유명한데, 이것은 『명심보감』에도 소개되어 있다. 이 구준의 「육회명」을 보고 느낀 바 있어, 그 뒤를 이어 지은 것이라고 한다. 다음은 구준의 「육회명」이다.

관리가 불공평하면 벼슬 잃었을 때 후회한다   官行私曲失時悔

부자가 검소하지 않으면 가난해졌을 때 후회한다   富不儉用貧時悔

배움을 젊어서 게을리 하면 때가 지났을 때 후회한다 學不少勤過時悔

일을 보고도 배우지 않으면 필요할 때 후회한다   見事不學用時悔

술에 취해 말을 함부로 하면 깨었을 때 후회한다   醉後狂言醒時悔

건강할 때 쉬지 않으면 병들었을 때 후회한다   安不將息病時悔

사람의 요건 <small>한원진</small>

굳센 양陽과 부드러운 음陰으로
하늘과 땅이 이루어진다
이것이 사람에게 부여된 것을
이름하여 인仁과 의義라 한다

인을 마음에 보존하고
의로써 일을 제어하면*
내 마음의 완전한 본체와 큰 작용이
여기에서 다 갖추어지리라

인은 편안하고 의는 바르니
나의 집이요 나의 길이다
인에 살지 않고 의를 행하지 않는다면
금수와 무엇이 다르랴!

내가 하고자 하면 인과 의에 이르나니
어찌 다른 사람의 도움이 필요하랴!**
인을 보존하면 인에 살게 되고
의에 정성을 다하면 의를 행하게 된다

어떻게 보존하고 어떻게 정성을 다하는가?

거경居敬과 궁리窮理이다

힘쓸지어다, 나의 친구여!

이 일에 종사하되 게으르지 말지어다

<hr />

* 주희의 『맹자혹문孟子或問』에, "인을 마음에 보존하고 있으니 성性이 본체가 되는 이유이고, 의는 일을 제어하니 성性이 작용이 되는 이유이다(仁存諸心, 性之所以爲體也, 義制夫事, 性之所以爲用也)" 하였다.

* 『논어』 「안연」에, "하루 동안이라도 사욕을 이겨 예를 회복하면 천하가 인仁하다고 인정해줄 것이다. 인을 하는 것은 자기에게 달려 있는 것이지, 어찌 남에게 달려 있는 것이랴!(一日克己復禮, 天下歸仁焉, 爲人由己, 而由人乎哉)" 하였다.

⚓ 居由窩銘

陰陽剛柔 以立天地 賦之在人 曰仁與義 仁存諸心 義制夫事 全體大用 斯焉而備 伊安伊正 我宅我路 不居不由 何遠違獸 我欲斯至 而由人乎 存斯斯居 精斯斯由 曷存曷精 居敬窮理 勖哉吾友 從事不怠

한원진韓元震(1682~1751)은

조선의 학자로, 초명은 정진鼎震, 자는 덕소德昭, 호는 남당南塘·양곡陽谷, 본관은 청주淸州, 시호는 문순文純이다.

원제의 거유와居由窩는 그의 친구 김정좌金鼎佐가 거처하는 방의 이름이다. 거유居由란 『맹자』의 거인유의居仁由義에서 따온 말이라고 서문에서 밝혔다.

> "스스로 해치는 자와는 함께 말할 수 없고, 스스로 버리는 자와는 함께 일할 수 없다. 말할 때 예禮와 의義를 비난하는 것을 자포自暴라 하고, 내 몸은 인에 살고 의를 행하지(居仁由義) 못한다 하는 것을 자기自棄라 한다. 인은 사람의 편안한 집이요, 의는 사람의 바른 길이다. 편안한 집을 비워두고 거처하지 않으며, 바른 길을 버려두고 따르지 않으니, 애처롭다."(『맹자』「이루 상」)

이 잠언은 맹자의 이 말을 해설한 것이라 할 수 있다. 즉 거경居敬과 궁리窮理를 통해 인仁과 의義를 실천하여, 자포자기하지 않는 삶을 살도록 권면한 것이다. '거경'이란 마음을 한곳에 집중하고 잡념을 버리는 것이요, '궁리'란 사물의 이치를 연구하여 정확한 지식을 얻는 것이다.

거울 <small>윤봉구</small>

네 시선을 정중하게 하고
네 의관을 바르게 할지니
곱든 추하든 피하지 않고
거울은 있는 대로 보여준다

외양 갖추는 데 힘쓰더라도
참과 거짓은 마음에 달렸으니
너의 마음을 경계하여
거울처럼 텅 비고 밝게 하라

鏡銘

尊爾瞻視 正爾衣冠 妍媸莫逃 如見肺肝 修飭雖勤 誠僞在中 爾心惟戒 鑑此空明

윤봉구尹鳳九(1683~1767)는

조선의 문신으로, 자는 서응瑞膺, 호는 병계屛溪·옥계玉溪·구암久菴, 본관은 파평坡平, 시호는 문헌文獻이다.

얼굴에 때가 묻거나 옷차림새가 단정치 못하면 거울은 말없이 우리에게 일러준다. 그 덕분에 우리는 흐트러진 용모를 단정히 할 수 있게 된다. 외면을 비춰주어 몸단장을 하게 하는 거울처럼, 우리의 내면에도 거울이 있으니, 그것은 마음의 거울이다. 그러므로 이 마음의 거울에다 자신을 비춰보고 내면을 아름답게 꾸미는 데 힘써야 할 것이다.

채지홍蔡之洪(1683~1741)은

조선의 학자로, 자는 군범君範, 호는 봉암鳳巖·삼환재三患齋·사장와舍藏窩, 본관은 인천仁川이다. 학행으로 천거를 받아 잠시 벼슬길에 나아갔으나, 생의 대부분을 성리학 연구에만 몰두하였다.

이 잠언은 빗을 넣어두는 '빗접(梳帖)'에 쓴 글이다. 머리에 묻은 먼지를 제거하고 헝클어진 머리를 단정하게 가다듬어주는 빗의 미덕을 생각하며, 마음의 티를 제거하고 어지러운 세상을 바로잡는 방법을 자문하였다. 그 방법은 우리가 살아가면서 찾아야 할 화두일 것이다.

남의 장점을 취하다 _ 권만

옛사람이 말하였다
"어리석은 자일지라도 천 번의 생각 중에
반드시 맞는 것이 하나는 있게 마련이며
지혜로운 자일지라도 천 번의 생각 중에
반드시 잘못된 것 하나는 있게 마련이다"
하물며 남이 반드시 모두 잘못된 게 아니고
내가 반드시 모두 옳은 게 아님에랴!
즐거이 남에게서 그의 선善을 취하여
나의 사람됨을 보완해야 하리라

取人銘

古人有言曰 愚者千慮 必有一得 智者千慮 必有一失 況人未必皆失 而己未必
皆得歟 樂取於人 以輔爾仁

권만權萬(1688~1749)은

조선의 문신으로, 자는 일보一甫, 호는 강좌江左, 본관은 안동安東이다. 다음은 이 잠언의 서문이다.

옛 성현들은 빼어난 지혜를 가졌으면서도 반드시 다른 사람의 장점을 취하여 몸소 실천하였다. 나는 일에서도 내 생각만을 주장하는 병폐가 있고, 학문 역시 그러하다. 그래서 더 이상의 진보가 없기에 이 글을 지어 스스로 경계한다.

원제의 취인取人은 다른 사람의 장점을 취한다는 의미로, 한자성어 천려일득千慮一得과 관계가 깊다. 배수진背水陣 고사로 유명한 한신韓信이 적군의 책사 이좌거李佐車를 격전 끝에 생포하였다. 이좌거의 재능을 익히 알고 있던 한신은 포박을 풀어주고 주연을 베풀어 위로하며 계책을 물었다. 이좌거는 거듭 사양하였으나, 한신의 간청 끝에 입을 열었다.

"지혜로운 자라도 천 번의 생각 중에 반드시 잘못된 것 하나는 있게 마련이며, 어리석은 자라도 천 번의 생각 중에 반드시 맞는 것이 하나는 있게 마련이라 합니다. 그래서 성인은 미치광이의 말도 가려서 듣는다 하였습니다. 제 계책이 받아들여질지는 모르겠으나 충심껏 말씀드리겠습니다."

이좌거의 계책을 따른 한신은 큰 승리를 거두었다. 이것이 천려일득의 유래이다. 이 성어가 시사하듯 남의 단점은 버리고 장점을 취해 나의 부족한 점을 보완해야, 사업이든 학문이든 진보할 것이다.

빗자루 <small>강재항</small>

아침에도 비질하고
저녁에도 비질하라
손님이 온다 하여 비질하지는 말고
늘 귀한 손님이 오는 듯이 비질하라

帚銘

朝焉而掃 夕焉而掃 毋以客至 常若尊客至

강재항姜再恒(1689~1756)은

조선의 학자로, 자는 구지久之, 호는 입재立齋·뇌풍거사雷風居士, 본관은 진주晉州이다.

원제의 추帚는 청소하는 데 쓰는 '비'이다. 사람들은 으레 손님이 온다 하면 비질도 하고 먼지도 닦아 집안을 깨끗하게 한다. 그러나 이것은 남을 의식한 것일 뿐 나를 위한 것은 아니다. 진정으로 나를 위한다면 손님이 오지 않을 때도 늘 집안을 깨끗이 청소해야 하는 것이다.

그것은 학문도 마찬가지이다. 공자는 '다른 사람에게 잘 보이려 하는 위인지학爲人之學을 버리고, 자기의 도덕성을 함양하는 위기지학爲己之學을 하라'(『논어』「헌문」)고 가르쳤다.

마음과 행실의 수양 역시 그러하다. 누가 본다고 선을 행하고 누가 보지 않는다고 선을 행하지 않는다면, 이는 선을 행하는 것이 아닐 뿐만 아니라 위선의 나락에 빠지는 것이다.

연적 ⚶ 오광운

중심이 비어 있어 물을 받아들이고
물을 멈추게 하여 일렁이게 하지 않는다
밖으로 흘러나오는 것은 정情이니
그것이 제멋대로 방종함을 경계하라

硯滴銘

心虛而受 止水不漾 流出者情 戒其橫放

오광운吳光運(1689~1745)은

조선의 문신으로, 자는 영백永伯, 호는 약산藥山, 본관은 동복同福, 시호는 충장忠章이다.

연적硯滴이란 벼룻물을 담아두는 작은 그릇으로, 문방사우와 함께 선비들의 필수품이었다. 그 모양이 다양하지만, 일반적으로 물을 담을 수 있도록 속이 텅 비고 밀폐된 그릇에 두 개의 구멍을 뚫어 쉽게 물을 넣고 따를 수 있게 만든다.

이 잠언에서 연적은 사람의 마음에, 그리고 연적에서 흘러나오는 물은 사람의 감정에 비유한 것이다. 먹을 갈기 위해 연적에서 물을 따를 때는 지나치지도 모자라지도 않도록 알맞게 조절해야 한다. 연적의 물을 따를 때처럼 사람의 마음속에서 발산되는 감정도 방종하지 않도록 적절히 조절해야 할 것이다.

충간을 받아들임 조관빈

선으로 이끌어 허물을 보완케 하는 것
이를 일러 충간이라 합니다
안에서는 측근에서 모시는 신하가
밖에서는 스승이 이를 행합니다

충간의 말이 비록 귀에 거슬리더라도
그 효과는 실로 마음을 바로잡아주니
충간의 말을 따르고 어김이 없도록
지금부터 힘써 행하소서

納忠規箴

導善補過 是謂忠規 內而暬御 外而賓師 言雖逆耳 效實格心‧ 有從無咈 勖哉自今

조관빈趙觀彬(1691~1757)은

조선의 문신으로, 자는 국보國甫, 호는 회헌悔軒·광재光齋·동호퇴사東湖退士, 본관은 양주楊州, 시호는 문간文簡이다.

이 잠언은 사도세자思悼世子를 위해 지은 「상동궁잠上東宮箴」의 하나이다. 이때 그는 세자빈객(세자의 스승)으로 있으면서 충년沖年(10살을 전후한 나이)을 맞은 사도세자에게, 이 시기에 힘써야 할 여덟 조목의 잠언을 지어 올렸다.

원제의 충규忠規는 충간忠諫(충성스런 간언)을 의미하며, 귀에는 거슬릴 수 있으나 마음을 바르게 해주는 충간을 잘 받아들여야 한다는 뜻을 담았다. 그것은 장차 임금이 될 세자에게만 해당하는 게 아니다. '충언忠言이 귀에는 거슬리나 행실에는 이롭다'는 말도 있듯이, 주변 사람들의 진정성이 담긴 충고를 받아들여 행실과 마음이 잘못되지 않도록 힘써야 할 것이다.

꿀벌 세 마리 — 조현명

내가 떡을 먹고 있을 때
꿀이 그릇에 담겨 있었다
이에 세 마리 꿀벌이
함께 날아와 멈추었다

한 마리는 곁에서 핥으며
다가오려다 물러났고
한 마리는 머리가 빠져
허우적대다가 죽었다

저기 높이 날고 있는 한 마리는
머뭇거리며 내려다볼 뿐이니
너의 지혜는 높여줄 만하건만
지금 내려오는 건 무슨 뜻인고?
뜰 가득 꽃이 피어 있으니
그리로 날아가거라

蜂箴

余方食餅 有蜜在器 爰有三蜂 相與來止 一蜂傍唼 乍進而退 一蜂沒頂 宛轉而
斃 彼高飛者 盤桓俯視 爾智足尙 始來何意 滿園芳花 盍其逝矣

조현명趙顯命(1691~1752)은

조선의 문신으로, 자는 치회稚晦, 호는 귀록歸鹿·녹옹鹿翁, 본관은 풍양豐壤, 시호는 충효忠孝이다.

떡을 먹고 있을 때, 떡을 찍어먹기 위해 그릇에 담아둔 꿀을 보고서 꿀벌 세 마리가 날아왔다. 이 가운데 조심조심 맛보다가 날아간 한 마리는 나쁜 일에 발 담았다 발을 뺀 사람에 비유할 수 있고, 꿀에 빠져 죽은 한 마리는 욕심에 눈멀어 악의 구렁텅이에서 허우적대다가 죽은 사람에 비유할 수 있겠다. 나머지 한 마리는 높이 날며 경계하고 있었으니, 이득을 볼 때 의로움을 생각하는 사람에 비유할 수 있겠다. 그러니 그 뜻을 높여 줄 만한 것이다. 그러나 끝내는 욕심을 참지 못하고 꿀을 향해 내려오고야 말았으니, 안타까운 노릇이다.

꿀벌은 꽃에서 꿀을 생산하는 것이 본분이다. 그래서 제 본분을 되찾아 뜰에 피어 있는 꽃으로 날아가라 한 것이다. 사람 또한 욕심을 절제하여 선을 실천하게 하는 본성을 회복해야 함은 물론이다.

빗상자 ~ 조귀명

하루라도 빗질하지 않으면
머리카락이 헝클어지나니
이미 헝클어졌다 하여
빗질을 그만두지 말라

하루라도 살피지 않으면
마음이 어두워지나니
이미 어두워졌다 하여
살핌을 그만두지 말라

梳室銘

一日不櫛 髮之棼矣 毋謂已棼 而遂廢櫛 一日不察 心之昏矣 毋謂已昏 而遂廢
察

조귀명趙龜命(1693~1737)은

조선의 문인으로, 자는 석여錫汝·보여寶汝, 호는 간천자乾川子·동계東谿, 본관은 풍양豊壤이다.

원제의 소실梳室은 머리 빗는 빗을 넣어두는 상자이다. 날마다 빗질하여 머리카락을 단정히 하듯이, 자신의 언행에 혹시라도 잘못이나 부족함이 없는지 돌이켜보는 일을 하루라도 그만두어서는 안 된다는 잠언이다.

공자의 제자인 증자曾子는 날마다 세 가지 일로 자기 몸을 살펴본다 하였다. 그 세 가지는 다음과 같다.

다른 사람을 위해 일을 도모함이 충실하지 못한 것은 아닌가?
벗과 사귀는 데 신의를 잃은 것은 아닌가?
스승에게 배운 것을 익히지 않은 것은 아닌가?

그리고 이러한 자기반성도 중요하지만, 그것을 하루라도 거르지 않고 날마다 지속하는 일은 더욱 중요한 일이다.

신혼의 병풍 ⚘ 민우수

만물의 생성은
하늘과 땅으로부터 비롯된다
그러므로 성인聖人은
참으로 혼인을 중시하였다

혼인은 만복의 기반이 되며
예의도 혼인으로 도타워지나니
의당 너는 삼가고 삼가야 하리라
부부 사이의 도리에…

姪女尹氏婦新昏屛風銘

衆物之生 肇自乾坤 是以聖人 寔重昏姻 福祿由基 義禮由敦 宜爾兢兢 於此造端

민우수閔遇洙(1694~1756)는

조선의 문신으로, 자는 사원士元, 호는 정암貞菴 · 섬촌蟾村, 본관은 여흥驪興, 시호는 문원文元이다.

윤씨에게 시집가는 조카딸의 신혼 병풍에 써준 잠언으로, 여덟 폭 가운데 첫 번째 것이다.

부부 사이는 사람이 태어나는 시초(生民之始)요 만복이 생겨나는 근원(萬福之原)이라 하였으니, 남자와 여자가 만나 부부의 인연을 맺는 혼사는 예로부터 사람의 삶에서 가장 중요한 일의 하나로 인식되었다. 그래서 혼인을 인륜지대사人倫之大事라 한다.

한편 『중용』에서는 "군자의 도는 부부 사이에서 그 단서가 시작된다(君子之道, 造端乎夫婦)" 하였다. 맨 끝 구절에 풀이한 '부부 사이의 도리'는 원문이 '조단造端'이니, 곧 『중용』의 이 말에 근거를 두고 있다.

직업의 선택 — 남유용

갑옷 만드는 사람은 사람을 상하게 할까 걱정이고
화살 만드는 사람은 사람을 상하게 하지 못할까 걱정이다
갑옷 만드는 사람이라고 어찌 모두 어질 것이며
화살 만드는 사람이라고 어찌 모두 어질지 못하랴!
자기가 하는 일에 전념하다 보니
마음마저 따라가 그렇게 된 것이다
그러므로 군자는 직업의 선택을 신중히 하나니
선한 일을 가려서 열심히 종사하고
선하지 못한 일은 가려서 피한다

擇術箴

函人惟恐傷人 矢人惟恐不傷人 函人豈皆仁 矢人豈皆不仁 術之所專 其志則
遷 故君子愼之 擇其術之善而治之 擇其術之不善者而違之

남유용南有容(1698~1773)은

조선의 문신으로, 자는 덕재德哉, 호는 소화少華·뇌연雷淵, 본관은 의령宜寧, 시호는 문청文淸이다.

그는 한가로이 거처하는 곳의 이름을 택재擇齋라 하고, 그에 관한 네 가지 잠언을 지어 「택재잠擇齋箴」이라 한 바 있다. 여기서 택擇이란 '가려서 선택한다'는 의미로, 말(言)과 직업(術)과 벗(友)과 사는 곳(地)을 선택하는 기준을 제시하였다. 이 가운데 직업의 선택에 관한 잠언을 뽑았다. 『맹자』에 이런 말이 있다.

"화살 만드는 사람이 어찌 갑옷 만드는 사람보다 어질지 못하겠느냐마는, 화살 만드는 사람은 사람을 상하게 하지 못할까 염려하고, 갑옷 만드는 사람은 사람을 상하게 할까 염려하나니, 사람이 잘되도록 기원하는 무당과 관을 만드는 목수 또한 그러하다. 그러므로 직업은 신중히 선택하지 않으면 안 되는 것이다."(「공손추 상」)

어떤 일에 전념하다 보면 마음마저도 그 일을 좇아가게 마련이므로, 직업을 선택할 때 선한 일을 선택하도록 신중하라는 잠언이다.

벽 —— 오원

안으로는 성실을 굳게 지켜라
성실이 아니면 스스로 서지 못한다
밖으로는 근면을 지극히 하라
반드시 근면해야 이에 쌓인다

書壁銘

內主誠 非誠不立 外致勤 必勤乃集

오원吳瑗(1700~1740)은

조선의 문신으로, 자는 백옥伯玉, 호는 월곡月谷·관물거사觀物居士, 본관은 해주海州, 시호는 문목文穆이다.

원제의 서벽명書壁銘은 '벽에 쓴 명문'이란 뜻으로, 좌우명과 같은 의미이다. 그의 나이 스물두 살 때(1721) '성실(誠)'과 '근면(勤)'을 좌우명으로 삼고 지은 잠언이다.

이 글에서 안(內)은 마음이며, 밖(外)은 행실이다.

장수와 행복 김낙행

선을 실천해야 복을 받고
인을 실천해야 장수하니
이 베개가 장수와 복에
무슨 도움이 되겠는가!

壽福枕銘

爲善斯福 行仁斯壽 惟玆之枕 何能有佑

김낙행金樂行(1708~1766)은

조선의 학자로, 자는 간부艮夫, 호는 구사당九思堂, 본관은 의성義城이다.

원제의 수복침壽福枕은 수壽 자와 복福 자를 수놓은 베개이다. 행복하게(福) 오래 사는 것(壽), 인간의 삶에서 이것만큼 간절히 희구되는 소망도 다시없을 터이다. 그래서 사람들은 옷, 이불, 베개, 그릇, 벽지, 문구류처럼 일상생활에서 빼놓을 수 없는 것들에 이 두 글자를 새겨 넣어 늘 보며 애용하곤 한다. 그러나 베개에 수壽 자와 복福 자를 수놓고 잔다 하여 행복해지고 오래 사는 것은 아닐 터이다. 오직 선善과 인仁을 실천해야만 복도 받고 장수도 할 수 있을 것이다.

"선행을 쌓은 집안은 반드시 자손에까지 경사가 미친다."(『주역』 곤
괘坤卦)

"인을 실천하는 사람은 산을 좋아하고 고요하며 오래 산다."(『논어』
「옹야」)

지팡이 　이용휴

나무가 거꾸로 자라는지라
사람이 바로잡아주니
사람이 위험한 길을 갈 때
나무가 지탱해주네

杖銘

木倒生 人正之 人行危 木支之

이용휴李用休(1708~1782)는

조선의 학자로, 자는 경명景命, 호는 혜환惠寰, 본관은 여주驪州이다.

지팡이와 사람의 공생에 관한 잠언이다. '나무가 거꾸로 자란다(倒生)'했는데, 그것은 나무의 뿌리를 머리로 보고 가지를 손발로 보는 관점에서 말한 것이다. 이런 까닭에 초목草木을 '도생'이라 일컫기도 한다. 그리고 거꾸로 생장하는 나무를 지팡이로 만들어 사용할 때는, 굵은 아랫부분을 위로 올려 손잡이로 사용하므로, '사람이 바로잡아준다' 한 것이다.

거꾸로 자라는 나무를 바로 세운 지팡이는 사람이 위태로운 길을 걸어가도록 지탱해준다. 그렇듯이 사람이 제 허물을 고쳐 자신을 바로잡으면, 위태로운 인생길에 든든한 버팀목이 될 것이다.

띠집 누정 이인상

작은 누정이 나를 받아들인지라
이 은거처에 좌우명을 새겨둔다

꾸밈은 실질을 지나치지 않으며
행실은 명성을 추구하지 않는다

말은 저속한 데로 떨어지지 않으며
독서는 경전을 벗어나지 않는다

담담하게 벗들과 교제를 하고
옛사람 본받음을 나의 길로 삼는다

궁색하여도 천명을 어기지 않는다면
몽매지간에도 마음이 맑디맑으리라

茅樓銘

小樓容吾 潛居有銘 文不浮實 行不狗名 語不入俗 讀不出經 澹以得朋 師古爲
程 窮不違命 夢寐亦淸

이인상李麟祥(1710~1760)은

조선의 화가·문인으로, 자는 원령元靈, 호는 능호관凌壺觀·보산자寶山子·종강칩부鐘岡蟄夫·뇌상관雷象觀·운담인雲潭人, 본관은 전주全州이다. 서출庶出이었으나 시·서·화에 뛰어나 당시 문사들의 존경을 받았다. 특히 그의 문인화는 문자향과 서권기를 갖춰 조선 후기의 최고 수준이라는 평가를 받는다.

그는 1752년 음죽 현감을 마지막으로 일체의 관직을 사직한 뒤, 1754년에는 음죽 근처의 설성雪城에 거처를 마련하고 은거하였다. 이 잠언은 바로 이해에 지은 것으로, 서문에서 이렇게 말하고 있다.

갑술년(1754) 6월 10일에 비로소 종강모루鐘岡茅樓에 살기 시작했는데, 좌우명을 써서 스스로 경계하노라.

원제의 모루茅樓는 '띠집 누정'이란 뜻이다. 그의 그림에는 띠집 누정을 그린 그림이 유난히 많은 편인데, 고적하고 담담한 은자의 삶을 살고자 하는 소망을 그림으로 담아냈던 것으로 보인다.

여덟 폭 병풍 ☘ 이상정

독서讀書
마음을 비우고 기운을 안정시켜서
천천히 보면서 가만히 읊되
아침부터 저녁까지 힘쓰기를
귀신이 여기에 임한 듯이 하라

독지篤志
글은 잊어버리기 쉬워서
자주 읽으면서 생각해야 하는데
뜻이 확고히 서 있지 않으면
그것을 고쳐줄 어떤 약도 없으니
어찌 이 뜻을 독실하게 하지 않으랴!

신사愼思
생각이 신중하지 않으면
물욕에 이끌리게 되리니
나쁜 마음을 가지지 말도록
경거망동하지 말도록
밤낮으로 삼가고 두려워하라

사고師古

옛날의 성인은

하늘의 뜻을 계승하여

표준이 되는 도를 세웠으니

도를 실추시키지 않도록

뒷사람들은 본받아야 하리라

근독謹獨

나를 보는 이가 없다고 말하지 말라

하늘이 굽어보고 있느니라

가까운 사이라고 무람없이 지내지 말고

더러운 곳으로는 내닫지 말고

집 안에 홀로 있을 때도 부끄럼이 없도록 하라

성신省身

마음에 사악함이 있으면

어찌 바로잡을 생각을 않으랴?

몸에 허물이 있으면

어찌 경계하여 고칠 생각을 않으랴?

경계하고 공경하라

증자가 날마다 반성한 것처럼

일신日新

네 몸에 때가 있거든

목욕하여 깨끗이 하라
네 마음이 오염되었거든
덕을 닦아 청결히 하라

역행力行

너의 책임이 무겁고
너의 갈 길이 멀지만
목적지에 이르면 군자가 되나
이르지 못하면 소인이 되리니
어찌 힘써 가지(力行) 않으랴!

屛銘八帖

虛心而平氣 緩視以微吟 蚤夜孜孜 如鬼神之是臨(讀書) 書易忘 熟讀可思 志
不立 無藥以治 盍思篤之(篤志) 思之不愼 物欲來引 惟無邪心 惟無妄動 惟日
夜敬恐(愼思) 惟古昔聖人 繼天立極 道之不墜 惟後人之則(師古) 毋日不顯 上
帝是觀 毋狎于昵 毋趨于汚 毋愧于爾屋漏(謹獨) 心有邪 曷不思正 身有咎 曷
不思儆 戒之敬之 如曾子之日省(省身) 爾身有垢 沐浴以濯之 爾心有汚 修德
以潔之(日新) 爾任之重 爾道則遠 至則君子 不至則小人 曷其不勉(力行)

이상정李象靖(1711~1781)은

조선의 학자로, 자는 경문景文, 호는 대산大山, 본관은 한산韓山, 시호는 문경文敬이다.

여덟 폭의 병풍에 쓴 잠언 여덟 가지이다. 여덟 가지는, '책 읽는 것(讀書), 뜻을 돈독히 하는 것(篤志), 생각을 신중히 하는 것(愼思), 옛 성인을 스승으로 삼는 것(師古), 홀로 있을 때 삼가는 것(謹獨), 내 몸을 반성하는 것(省身), 날마다 새로워지는 것(日新), 힘써 행하는 것(力行)'이다. 이와 같이 평소에 힘쓰고 실천해야 할 여덟 조목을 정해두고, 그 조목마다 각각의 잠언을 써서, 몸을 반성하고 마음을 함양하는 자료로 삼은 것이다.

창문 ⚘ 임성주

네 낯빛을 바르게 하고
네 어깨를 반듯이 세울지니
힘이 쇠약하다고 말을 말라

인仁을 두터이 할 생각을 하고
의義에 신묘하게 부합할 생각을 할지니
한 숨이라도 붙어 있거든 게으르지 말라

⚘ 窓銘

整爾顔 竦爾肩 莫曰旅力之愆 仁思敦 義思神 靡懈一息之存

임성주任聖周(1711~1788)는

조선의 학자로, 자는 경중敬仲·중사仲思, 호는 녹문鹿門, 본관은 풍천 豐川, 시호는 문경文敬이다.

이 잠언은 창문 옆에 써두고 경계로 삼고자 지은 것이다. 그는 이 잠언을 짓고 동생 임정주任靖周에게 편지를 보내 글씨를 써달라고 부탁하였는데, 이 편지에 따르면 늙고 기력이 없어 자꾸만 나태해지려는 자신을 반성하며 지은 것이라 한다. 이때 그의 나이는 69세였다. 늙은 나이에도 자신을 수양하는 공부를 그만두지 않으려는 옛 선비의 꼿꼿한 정신이 담긴 잠언이다.

하루 ꠵ 안정복

아침

날이 밝으려 하는구나
너는 잠에서 깨어나라
아침해로 동녘이 밝아지면
상제가 아래로 내려다본다
이 마음은
중도中道를 잃기 쉬우니
바라건대 삼가고 경계하여
선한 마음을 잃지 말지어다

낮

해가 이미 중천에 떠올랐다
너는 응당 갈림길이 많으리라
일에는 의義와 이利가 있고
마음에는 공公과 사私가 있나니
조심해서 일을 처리하되
반드시 그 기미를 살펴라
만약 조금이라도 소홀하면
허물이 누구에게 돌아가랴!

저녁

날이 저물려 하면
너는 일을 쉬려 할 터인데
마음가짐과 외물 응대에
소홀함이 있지는 않았더냐?
잘못과 실수가 있었다면
두려워하며 반성할 것이요
어긋남이 없었다면
더욱더 몸과 마음을 단속하라

밤

날이 어두워지고 있다
너는 마음이 점점 게을러지리라
어두운 방에서도 속이지 않음을
옛사람은 귀하게 여겼다
움직이든 가만히 있든 삼가며
성실하면 한결같을 수 있으리라
밤이 지나면 아침이 돌아오는 법
다시 내일이 있도다

⚜ 🐟•ᐟ 座右銘

日欲曉矣 爾寢斯覺 朝暾東明 上帝下矚 惟此一心 易以失中 庶幾惕厲 毋稼天
衷(朝) 日已午矣 爾應多歧 事有義利 心有公私 操心處事 必審其幾 如或差忽
過將誰歸(晝) 日之夕矣 爾事向歇 處心應物 能不有忽 如有差失 悚然省念 若
其無違 益加收斂(暮) 日將昏矣 爾心漸怠 不欺闇室 古人所貴 敬貫動靜 誠則
能一 貞而復元 又有明日(夜)

🐟 🐟 안정복安鼎福(1712~1791)은

조선의 학자로, 자는 백순百順, 호는 순암順菴 · 한산병은漢山病隱 · 우
이자虞夷子 · 상헌橡軒, 본관은 광주廣州, 시호는 문숙文肅, 봉호는 광성
군廣成君이다. 성호 이익을 스승으로 삼고, 그의 뒤를 이어 경세치용학
經世致用學에 많은 업적을 남겼다. 특히 역사에 관심이 많아 고조선부터
고려까지의 역사를 편년체로 서술한 『동사강목』을 지었다.

이 잠언은 하루를 아침 · 낮 · 저녁 · 밤으로 나누어, 그때마다 힘쓰고
경계할 조목을 정리한 것이다. 이때 그의 나이는 74세였다. 이러한 성실
성을 바탕으로 그는 경세적이고 실용적인 학문에 평생을 바쳤다.

단재 신채호 같은 이는 "안정복은 평생을 역사 연구 한 분야에만 전념
한 오백 년 이래의 유일한 사학 전문가"라 극찬하기도 하였다.

책상 　이광정

평평한 책상 위에 서적을 올려놓고
그 앞에 앉아서 책을 읽노라면
그 네모반듯함으로 내 몸을 단정히 할 수 있고
그 한결같음으로 내 욕심을 없앨 수 있다
또한 책상은 강하고 굳세며 질박하고 어눌하여
인仁에 가까우니
나와 학문의 즐거움을 함께함이 참으로 마땅하다

書案銘

平其面載黃卷 傅以足便俯讀 則其方可以端吾躬 則其一可以無吾欲 又其剛毅
木訥 足以近仁 宜乎與我而共鬒鬑

이광정李光靖(1714~1789)은

조선의 학자로, 자는 휴문休文·경실景實, 호는 소산小山, 본관은 한산韓山이다.

책상의 네모반듯한 모습에서 내 몸을 단정히 하는 것을 배우고, 책상의 한결같은 모습에서 내 마음의 욕심 없애는 것을 배운다 했다. 게다가 책상은 그 성질이 "강하고 굳세며 질박하고 어눌하여 인仁에 가깝다(『논어』「자로」)."

책을 읽는 용도에 알맞을 뿐만 아니라, 이러한 미덕까지도 두루 갖춘 책상이기에, 선비와 함께 학문을 즐기는 게 마땅한 것이다.

먹 채제공

종이는 희건만
네가 적시어 검게 한다
붓털은 황색이나
네가 적시어 검게 한다

흰 바탕은 군자가 숭상하는 것이요
황색은 천지간의 정색正色이어늘
그런데도 너를 기다려야 공을 이루나니
너의 검음에는 미칠 수가 없구나

墨銘

紙也素 汝漬之而黑 筆也黃 汝濡之而黑 素是君子攸尙 黃爲天地正色 猶且待
汝而成功 其黑不可及也

채제공蔡濟恭(1720~1799)은

조선의 문신으로, 자는 백규伯規, 호는 번암樊巖, 본관은 평강平康, 시호는 문숙文肅이다. 정조의 신임을 얻어 정조의 정책을 추진한 핵심 인물이다.

"까마귀 검다 하고 백로야 웃지 마라" 또는 "속이 시커멓다" 하는 말에서 알 수 있듯이, 검은색은 우리의 언어생활에서 주로 부정적인 의미로 사용된다. 그리고 먹은 그 빛깔이 까맣다. 그럼에도 이 잠언은 검은빛을 가진 먹의 미덕을 예찬하고 있다. 군자가 숭상하는 흰 바탕을 가진 종이나, 천지간의 정색正色인 황색의 붓도, 혼자서는 제 기능을 발휘하지 못하고, 오직 검은 먹의 도움을 받아야만 글씨를 쓰든 그림을 그리든 할 수 있기 때문이다. 이처럼 관점을 달리하면 사물이 다르게 보이는 법이다.

색을 경계하다 ━ 유도원

나는 몸이 허약한데도 여색을 좋아하여
죽은 아내가 이것을 늘 타이르곤 하였으며
정색하고 준엄하게 질책하기도 하였다
그래서 잠자리에서
내 욕심대로 할 수 없었던 것은
이같이 꺼려지는 바가 있어서 그랬던 것이다

홀아비가 된 이래로
친구들이 새장가를 들라고 권하기도 하지만
만에 하나 친구의 말대로만 하고
안으로 잠자리의 경계가 없다면
본성을 잃지 않으면 건강을 잃게 될 것이다

주자朱子의 시에 이런 말이 있다
"세상에 사람의 욕심만큼 험난한 게 없나니
얼마나 많은 사람이 이 욕심으로 평생을 그르쳤나"
명심하고 명심해야 할 일이다

色戒

余氣虛而好色 亡妻每每相戒 或至正色峻斥 故袵席之間 不得肆欲者 蓋有所
忌憚而然也 鰥居以來 親故或勸以卜姓 萬一如親故之言 而內無袵席之戒 則
其不至喪性而傷生乎 朱子詩曰 世上無如人欲險 幾人到此誤平生 未嘗不三復
諷咏

유도원柳道源(1721~1791)은

조선의 학자로, 자는 숙문叔文, 호는 남간南澗 · 노애蘆厓, 본관은 전주
全州이다.

이 잠언은 그의 나이 50세 때 자기의 병폐를 열 가지로 열거하고 이를
반성하며 지은 「지비십계知非十戒」의 하나이다. '지비'란 나이 오십에
지난 49년의 잘못(非)을 깨우쳤던(知) 거백옥蘧伯玉의 고사에서 비롯된
말이다.

열 가지 병폐는, 말(言), 술(酒), 여색(色), 아첨(諂), 농지거리(戲), 자랑
(矜), 분노(怒), 구걸(求), 조급함(躁), 나태함(懶)이다. 이 가운데 여색을
경계한 잠언이다. 옛 선비들이 언급을 꺼렸던 잠자리의 일을 솔직히 고
백하고 이를 반성하는 모습이 이채롭다.

호리병박 다관 <small>홍양호</small>

호리병박의 몸통이여!
술과 물을 담는구나
호리병박의 주둥이여!
찻물을 따르는구나

너의 바탕이 본래 둥글고
너의 목은 본래 길거늘
긴 것이 어찌 그렇게 짧으며
둥근 것이 어찌 그렇게 네모진가!

어찌 하늘이 만든 것이랴!
사람의 교묘한 솜씨거늘
조탁을 빌리지 않고서도
훌륭한 아름다움을 이루었네

머물러 있고 옮겨가지 않음이여!
군자인양 떳떳함이 있구나
저 맑은 차를 마심이여!
내 마음을 맑게 하도다

葫蘆茶注銘

葫蘆之腹兮 以受酒漿 葫蘆之口兮 以注茶湯 爾質本圓兮 爾頸本長 長胡然而
短兮 圓胡然而方 豈伊天造兮 人工之良 不假雕鏤兮 有文成章 止而不遷兮 君
子有常 吸彼沉瀣兮 清我肺腸

홍양호洪良浩(1724~1802)는

조선의 문신·학자로, 초명은 양한良漢, 자는 한사漢師, 호는 이계耳
溪, 본관은 풍산豐山, 시호는 문헌文獻이다.

원제의 호로다주葫蘆茶注는 '호리병박으로 만든 다관茶罐'이다. 다관
이란 끓인 물과 잎차를 넣어 찻물을 우려내는 그릇으로, 다주茶注·다병
茶瓶·다호茶壺라고도 한다. 다음은 그 서문이다.

호리병박 다관 하나와 호리병박 다완茶盌(찻사발) 하나는 강희康熙
(1662~1722, 중국 청나라 때의 연호) 연간에 만들어진 것이다. 다관과
다완은 모두 호리병박으로 만들었다. 다관은 빛깔이 황색이고 모가 나
있으며, 네 모서리에는 자천신복自天申福(하늘로부터 거듭 복이 내려
옴) 네 글자가 새겨져 있다. 그리고 뚜껑을 덮어놓았는데, 뚜껑에는 작
은 넝쿨줄기가 매달려 있다. 다완은 빛깔이 황색이고 둥글며, 구름무늬
가 그려져 있다. 모두 자작나무로 만든 찻상에 잘 놓여 대臺 위에 올려
져 있다. 이 대 역시 자작나무로 조각을 하였는데, 만들어진 모양이 기
묘하다.

옛사람들은 세계를 천원지방天圓地方이라 하여, 하늘은 둥글고 땅은
네모나다고 여겼다. 이 잠언에서 다관이 둥글면서 사방에 모가 나 있다

고 했으니, 그것은 하늘과 땅의 조화를 구현하고 있다는 의미이다. 또한 '머물러 있고 옮겨가지 않는다(止而不遷)' 함은, 『대학』에서 "지극한 선에 머문다(止於至善)"한 것과 같은 맥락이다. '최고의 선에 도달하여 거기에 머물러 있다' 는 뜻이다.

  머물러 있음(止)과 옮기지 않음(不遷)은 같은 의미의 다른 표현이다. 그러나 아무것도 하지 않고 가만히 있는 것을 말하는 것이 아니다. 끝없이 몸과 마음을 수양하여 지극한 선의 경지를 유지하도록 한다는 적극성의 의미가 들어 있는 '그침(止)'이다. 그러므로 이것이 군자의 '떳떳함(상도 常道)'이 되는 것이다. 이런 의미가 깃든 다관으로 차를 마시니, 자연히 마음이 맑아질 수밖에….

좌우명 _위백규_

다른 사람을 살피기보다는
차라리 내 자신을 살피리라
다른 사람의 말을 듣기보다는
차라리 내 자신의 말을 들으리라

座右銘

與其視人 寧自視 與其聽人 寧自聽

위백규魏伯珪(1727~1798)는

  조선의 학자로, 자는 자화子華, 호는 존재存齋·계항桂巷, 본관은 장흥長興이다. 평생을 학문에만 몰두하였으며, 영·정조 시기 호남의 실학을 대표하는 학자이다.

  이 잠언은 남의 흠을 잡는 데 한눈팔지 않고, 남의 비방 소리에 흔들리지 않겠다는 내용으로, 그의 나이 열 살에 지었다는 좌우명이다. 요즘 열 살이면 초등학교 3학년이니, 참으로 조숙하다 아니할 수 없다. 그의 문집에는 일곱 살에 지었다는 시도 남아 있다. 제목은 「별을 읊다(詠星)」이다.

각각의 이름과 자리가 정해졌으며	各定名與位
기운은 무형의 하늘에 걸렸도다	須氣掛無形
삼광(해·달·별)의 하나가 되어	參爲三光一
능히 어두운 밤을 밝혀주네	能使夜色明

쓰레받기 — 송환기

더러운 티끌을 담아서 간직하니
이 기물은 결코 하찮은 게 아니로다
다스리기 위해 문 밖으로 나가지 않더라도
비린내 나고 더러운 것 청소할 수 있도다

受塵箕銘

含垢藏汚 之器匪小 治不出戶 腥塵可掃

송환기宋煥箕(1728~1807)는

　조선의 학자로, 자는 자동子東, 호는 성담性潭·심재心齋, 본관은 은진
恩津, 시호는 문경文敬이다.

　원제의 수진기受塵箕는 '먼지를 받아들이는 키'라는 뜻으로, 곧 쓰레받
기를 가리킨다. 쓰레받기로 집안의 쓰레기를 쓸어 담듯이, 마음의 쓰레
받기로 마음속에 쌓여 있는 더러운 생각의 찌꺼기들을 쓸어 담겠다는 잠
언이다. 그것은 곧 수신修身의 일이다. 이 수신은 집안을 다스리는 제가
齊家의 바탕이 되며, 제가는 나라를 다스리는 치국治國의 바탕이 된다.
그래서 『대학』에서는 이렇게 말하고 있다.

　"이른바 나라를 다스리려면 반드시 먼저 자기 집안을 잘 다스려야 한
　다는 것은, 자기 집안을 교화할 수 없으면서 남을 교화시킬 수 있는 사
　람은 없기 때문이다. 그러므로 군자는 집을 나서지 않고도 나라에 교화
　를 베푸는 것이다."

　하나 하나의 가정이 모여 나라를 형성하므로, 먼저 가정을 잘 다스려야
나라도 다스릴 수 있게 된다. 따라서 군자는 수신을 바탕으로 자기의 가
정에 교화를 베풂으로써, 문 밖으로 나가지 않더라도 나라에 교화를 베
풀 수 있게 되는 것이다.

속이지 않는 네 가지   박윤원

임금을 속이지 않고
사람을 속이지 않고
마음을 속이지 않고
귀신을 속이지 않는다

이 네 가지 속이지 않음으로
나의 참됨을 온전히 할 수 있으리라

四不欺箴

不欺君 不欺人 不欺心 不欺神 惟玆四不欺 足以全吾眞

박윤원朴胤源(1734~1799)은

조선의 학자로, 자는 영숙永叔, 호는 근재近齋, 본관은 반남潘南, 시호는 문헌文獻이다.

'속이지 않음'을 인생의 한 목표로 삼고 지은 잠언이다. 『대학』에서는 "이른바 그 뜻을 성실히 한다는 것은 스스로 속이지 않는 것이다" 하여, 속이지 않는 것을 '성실(誠)'의 의미로 풀이하고 있다. 사람은 마음의 성실성을 잃었을 때, 자기의 모습을 거짓으로 꾸며 남과 자기 스스로를 속이게 마련이다.

임금과 사람을 속이지 않는다 함은, 대인 관계에서 성심을 다한다는 뜻이다. 그리고 마음과 귀신을 속이지 않는다 함은, 아무도 보지 않는 곳에 홀로 있을 때라도 스스로 속이지 않고 정성을 다한다는 뜻이다.

분노를 참다 🐟 사도세자

사람의 칠정七情 가운데
분노가 가장 참기 어렵나니
한때의 분노를 참아내면
후회의 탄식이 없을 것이다

욕심을 이겨 천성을 회복하면
마음이 넓어지고 몸도 편안할 것이요
남에 대한 배려를 실천하면
후세의 백대가 편안할 것이다

🪶 寫賤與寅昌

人之七情 惟怒最難 忍一時忿 可無悔歎 克復天性 心廣體胖 絜矩實踐 百世是
安

사도세자思悼世子(1735~1762)는

영조의 둘째 아들로, 이름은 이선李愃, 자는 윤관允寬, 호는 의재毅齋, 시호는 사도思悼·장헌莊憲, 묘호는 장조莊祖, 능호는 융릉隆陵, 본관은 전주全州이다. 영조를 대신하여 대리청정하다가 참소를 받아 뒤주에 갇혀 죽은 비운의 인물이다.

이 잠언은 홍인창洪寅昌이란 사람에게 준 두 편의 잠언 가운데 하나로, 분노를 참고 남을 배려하는 마음을 가질 것을 당부하며 지어준 것이다.

명나라 때의 학자 진헌장陳獻章은, "사람의 일곱 감정(七情) 가운데 가장 제어하기 어려운 게 분노이다. 밤에 심부름하는 아이가 물건 하나를 잃었기에, 꾸짖고 보니 나도 모르게 심기가 흔들리고 말았다. 그래서 두려운 마음이 들어「인자잠忍字箴」을 지었다" 하였는데, 다음은「인자잠」이다.

일곱 감정이 일어남에	七情之發
분노가 가장 급작스러우니	惟怒爲遽
온갖 분노가 밀어닥쳐도	衆怒之加
오직 참는 게 제일이다	惟忍爲最
분노의 불길은	當怒火炎
참음의 물로 끄나니	以忍水制
참고 또 참으면	忍之又忍
참을수록 거세어질지라도	愈忍愈厲
백 번에 이르면	過一百忍
장공예의 경지에 이르리라	爲張公藝
그러면 큰 계책을 그르치지 않고	不亂大謀
일을 이룰 수 있으리라	其乃有濟
만약 분노를 참지 못하면	如其不忍
낭패하는 지경에 이르리라	做敗立至

옳고 그름 — 정종로

네가 옳다고 하는 것은
과연 이치에 합당한 것이냐?
네가 그르다 하는 것은
과연 도의에 어긋나는 것이냐?

옳지 않은 것이라면
참으로 행해서는 안 되며
옳은 것이라면
또한 소홀히 해서는 안 된다

이미 철두철미하게 알고 있다면
어찌 굳게 지키지 않으리오?
굳게 지키지 않기에
잘못됨이 많은 것이다

自警箴

爾所謂是者 果合於理耶 爾所謂非者 果違於義耶 如其非也 固不可執也 如其
是也 亦不可易也 旣知之徹 盍守之固 惟其不固 是以多誤

정종로鄭宗魯(1738~1816)는

조선의 학자로, 자는 사앙士仰, 호는 입재立齋·무적옹無適翁, 본관은
진주晉州이다.

내가 옳다 여겨도 그것이 반드시 옳은 것은 아니며, 내가 그르다 여겨
도 그것이 반드시 그른 것은 아니다. 옳고 그름을 판단하는 기준은 오직
이치(理)와 도의(義)뿐이다. 따라서 옳고 그름에 대한 판단을 내릴 때 자
기의 주관적 생각에만 따라서는 안 되고, 그것이 이치에 합당한지 도의
에 부합하는지를 철저하게 따져보아야 하는 것이다. 그런 다음 이치에
합당하고 도의에 부합한다면, 그것을 굳게 지키고 실천하여 잘못되지 않
도록 해야 한다.

벼루 🌿 이가환

너무 단단하다 말하지 말라
갈고 갈면 결국에는 뚫어진다
학문에 뜻을 두었더라도
어찌 그렇지 않으리오!

🌿 尹配有研銘

勿謂堅 磨則穿 志於學 奚不然

이가환李家煥(1742~1801)은

조선의 문신·학자로, 자는 정조庭藻, 호는 금대錦帶·정헌貞軒, 본관은 여주驪州이다. 종조부인 성호 이익의 학통을 계승하였다고 평가받으며, 뛰어난 학식으로 정조의 신임을 얻었으나, 순조 1년(1801) 신유사옥 때 천주교도로 몰려 죽었다.

원제의 연研은 연硯(벼루)의 의미로, 윤배유尹配有라는 사람의 벼루에 써준 잠언이다. 단단한 벼루도 먹으로 갈고 갈면 결국에는 뚫어지듯, 학문 역시 연마에 연마를 거듭하면 결국에는 달통할 것이라 하였다. 곧 절차탁마切磋琢磨를 당부하는 잠언이라 하겠다.

감춤 — 이덕무

말을 황금 아끼듯이 아끼고
자취를 옥 감추듯이 감추어라
연못처럼 침묵하고 고요하며
꾸미거나 속임이 없어야 한다
가슴속엔 아름다움을 품어라
오래되면 밖으로 드러나리라

晦箴

惜言如金 韜跡如玉 淵默沉靜 矯詐莫觸 斂華于衷 久而外燭

이덕무李德懋(1741~1793)는

조선의 학자로, 자는 무관懋官, 호는 형암炯庵 · 아정雅亭 · 청장관靑莊館, 본관은 전주全州이다. 시문에 능하고 개성이 뚜렷하여 젊어서부터 이름을 떨쳤으나, 서얼 출신이었기 때문에 크게 등용되지는 못하였다.

원제의 회晦는 '드러내지 않고 감춘다'는 뜻이며, '가슴속에 품는다'는 뜻의 회懷와도 통하는 말이다. 따라서 '회'는 자기를 떠벌리거나 자랑하지 않고, 아름다운 인품이나 재능을 가슴속에 품고 있다는 뜻이라 하겠다.

바보만이 자기를 떠벌리고 자랑한다. 현자는 그렇지가 않다. 자기를 자랑하지 않을 뿐만 아니라(無伐善 :『논어』), 옥을 가슴에 품고 있어도 겉에는 누더기를 걸치며(被褐懷玉 :『노자』), 어두움으로 어두움을 밝혀준다(用晦而明 :『주역』). 또한 현자는 있어도 없는 것처럼, 가득 찼어도 빈 것처럼(有若無, 實若虛 :『논어』) 겸허하다.

거울 ✦ 정조

거울이라는 기물은
밝으면서 공평하여
삼라만상을
곱든 추하든 모두 비춰준다

이처럼 사사로움이 없음을
군자가 아끼고
이처럼 어둡지 않음을
군자가 취한다

나의 기거동작으로부터
몸가짐을 단정히 함에 이르기까지
삼가고 삼가서
날마다 여기에 비춰보리라

鏡箴

鏡之爲器 旣明且公 萬象森羅 姸媸皆通 維此無私 君子之愛 維此不昧 君子之
取 自我周旋 酒整容姿 敬之敬之 日監于玆

정조正祖(1752~1800)는

조선의 제22대 왕으로 이름은 이산李祘, 자는 형운亨運, 호는 홍재弘齋, 제호는 선황제宣皇帝, 시호는 문성무열성인장효文成武烈聖仁莊孝, 능호는 건릉健陵이다. 뛰어난 정치가인 동시에 당대의 석학으로서 방대한 저술을 남겼으며, 그 저술은 『홍재전서弘齋全書』(184권 100책)에 실려 있다.

이 잠언은 정조가 동궁으로 있던 1773년(영조 49) 22세 때 지은 것이다. 환하고도 공평무사한 거울에 비친 자신을 돌아보며, 일상생활에서 몸과 마음을 단정히 하고 삼가도록 스스로를 경계한 글이다. 정조가 호학군주好學君主로 평가받는 데에는, 이런 성실성을 바탕으로 한 열정이 있었기 때문이라 하겠다.

네 가지 괘 정약용

준마가 잘 달리는 것은
바로 그 발이 단련되어서다
자신이 수양돼야 남도 교화시키나니
예가 아니면 보지 말라

홀연히 차갑다가 뜨거워지면
내 마음의 병이 되는 법
공경하고 미덥게 하여
예가 아니면 듣지 말라

다툼이 닥쳐오는 것은
나에게 말미암은 것이니
하늘의 밝은 명命을 돌아보고
예가 아니면 말하지 말라

쌓인 뒤에 나타나야
정성스럽고 용감하다
백성은 내가 이치를 따름을 기뻐하나니
예가 아니면 움직이지 말라

四卦箴

天馬驤驤 乃閑其趾 身修物化 非禮勿視(重離箴) 忽氷而熱 爲我心病 敬之信
之 非禮勿聽(旣濟箴) 戈兵之來 由我出門 顧諟明命 非禮勿言(革卦箴) 積而后
發 乃誠乃勇 民悅我順 非禮勿動(豐卦箴)

정약용丁若鏞(1762~1836)은

  조선의 문신 · 학자로, 자는 귀농歸農 · 미용美鏞 · 송보頌甫, 호는 사암
俟菴 · 다산茶山 · 여유당與猶堂 · 자하도인紫霞道人, 본관은 나주羅州,
시호는 문도文度이다.

  『주역』의 네 가지 괘를 소재로 하여 이 잠언을 지었다. 『주역』의 괘에는
소성괘小成卦와 대성괘大成卦가 있다. 소성괘는 건乾 · 태兌 · 이離 · 진
震 · 손巽 · 감坎 · 간艮 · 곤坤의 8괘를 말한다. 그리고 대성괘는 두 개의
소성괘로 이루어져 있는데, 위의 괘를 상괘上卦(또는 외괘外卦)라 하고,
아래의 괘를 하괘下卦(또는 내괘內卦)라 하여, 모두 64괘가 있다.

  이 잠언에서는 64괘 가운데 중리重離(☲☲) · 기제旣濟(☵☲) · 혁革(☱☲) ·
풍豐(☳☲)에 대한 것이다. 이 네 괘의 상괘는 각각 이離(☲) · 감坎(☵) · 태
兌(☱) · 진震(☳)인데, 이것을 사람의 신체에 비유하면 이는 눈, 감은 귀,
태는 입, 진은 발이 된다. 이것을 '예禮가 아니면 보지 말고 듣지 말고 말
하지 말고 움직이지 말라'는 공자의 네 가지 가르침에 연결시켜 풀이하
였다.

게으름 　김정희

네가 게을러 일나지지 않는다면
아침해가 이렇게 중천에 솟으리라
네가 어두운 밤에 게으르면
귀신이 와서 사람을 엿보리라
네가 글씨 쓰는 데 게으르면
너의 글씨는 서리胥吏만도 못하리라
네가 문장 짓는 데 게으르면
너는 끝내 명성이 없으리라

더구나 게으른 행동이 있다면
곧 네 목숨을 잃으리니
여유 있다 말을 말라
게으름은 나도 모르게 다가오는 법
한가로움을 탐내고 고요함을 즐기다간
이는 곧 게으름과 약속하는 셈이니
오직 부지런함과 민첩함으로
그 뿌리까지 파내어라
네가 이미 알았다면
어찌 발분하지 않으랴!

箴惰

汝惰不起 朝日如此 汝惰於昏 鬼來闞人 汝惰作書 汝不如胥 汝惰爲文 汝終無
聞 矧有惰行 則隕而命 苟日委蛇 惰來不知 躭開樂靜 乃與惰期 惟勤惟敏 以
鋤其本 汝旣知之 胡不發憤

김정희金正喜(1786～1856)는

조선의 문신 · 학자 · 서화가로, 자는 원춘元春, 호는 완당阮堂 · 추사
秋史 · 예당禮堂 · 과파果坡 · 노과老果 등 다수, 본관은 경주慶州이다.
실사구시의 학문을 주장하였고, 추사체라는 독특한 서풍書風을 개척하
였다.

이 잠언은 게으름을 경계한 것이다. 부지런함(勤)과 민첩함(敏)으로 게
으른 마음을 그 뿌리까지 파내어, 아침이든 밤이든 부지런히 노력하라는
뜻을 담았다. 그리고 '끝내 명성이 없으리라' 는 말은 공자의 말이다.

"후배들이란 두려운 존재이니, 장래의 그들이 오늘의 나만 못할 줄을
어찌 알겠는가? 마흔 살이나 쉰 살이 되어도 명성이 없다면, 그 또한
두려워할 게 못 된다."(『논어』 「자한」)

젊을 때 부지런히 노력하지 않아 끝내 세상에 이름이 알려지지 않는다
면, 그런 사람은 두려워할 게 못 된다는 의미로, 때에 맞게 학문에 부지
런히 힘쓸 것을 경계한 말이다.